解謎前，請投幣

作者 路邊攤
繪師 黑書人

解謎前・請投幣

解謎前·請投幣

1

對大部分的人來說，自動販賣機代表的意義就跟它的名字一樣，只是一台會販賣物品的機器。

最常出現在大眾眼前的，莫過於擺放在公共場所的飲料販賣機、以及廁所前的衛生紙販賣機，但為了配合現代人多樣化的需求，各種不同的販賣機也開始出現在市場上，例如有的商業大樓會在一樓設置便當販賣機，讓員工只要下樓就能買到午餐，甚至有便利商店將整間店濃縮成一台販賣機，實體店面買得到的東西，通通能在販賣機買到。

隨著販賣機的款式越來越新穎，愛好者的社團也跟著蓬勃發展，就像有人熱愛車子或機器人，販賣機愛好者則是會走遍全國各地，尋找各式各樣的自動販賣機。

解謎前・請投幣

或許一般人無法理解這種樂趣，但對他們來說，每發現一台稀有的自動販賣機，就像生物學家發現新物種一樣，那種開心的成就感是難以言喻的，甚至有愛好者會組成旅行團一起到國外造訪不同的自動販賣機，形成另類的聖地巡禮。

故事的開端，是從一封寄到販賣機愛好者社團的訊息開始的。

社團的管理者俊達打開那封訊息時，訊息內容只有一行字，並附上一個地址。

那行字寫道：「有一台詭異的販賣機，希望你們能過去看看。」

俊達對這樣的訊息也見怪不怪了，從他創立這個社團以來，經常有同好會傳訊息給他，互相分享稀有販賣機的位置跟資訊。

不過之前傳來的訊息，都會附上照片並介紹販賣機本身，但這封訊息除了地址之外就沒有其他資訊了，這點讓俊達覺得反常，但這樣故弄玄虛的做法，反而引起了他的興趣。

「是怎樣詭異的販賣機？能具體形容一下嗎？」俊達發出回傳的訊息，但他耐心等了一個禮拜，仍然沒有收到對方的回應。

對於那台詭異的販賣機，俊達手上唯一的線索只有那行地址，那究竟是怎樣麼的販賣機？賣的產品是什麼？全都是未知的謎。

當然，這封訊息也可能只是惡作劇，等俊達去到那個地址一看，搞不好根本沒什麼販賣機，發送訊息的人只是想讓俊達白跑一趟罷了。

不過埋在心裡的好奇心只會越養越大，俊達決定空出週末的時間到那個地址一探究竟，就算沒有收穫也無妨，就當作一趟機車輕旅行吧。

為了這趟旅行，俊達特地聯絡了一起創立社團的同好宜仁，兩人約好週末結伴出發，路上有個伴也比較不會無聊。

******

訊息中提到的地址，跟俊達居住的城市隔了兩個小時的車程，好在俊達跟宜仁已經習慣機車旅行了，這兩小時的車程對他們來說反而是種享受。

兩人騎機車抵達地址所在地時，他們發現那裡原來是一片綠意盎然的小鄉鎮，道路周圍不見雄偉的建築物，只有一片又一片綠油油的稻田，以及少數幾棟蓋在田邊的房屋，不管是空氣或視覺，給人的感覺都相當舒服。

不管那台詭異的販賣機是否存在，光是在這裡騎上一圈，俊達就覺得值回票價了。

因為每棟房子都隔著一大段距離，俊達花了好一段時間才確認門牌、找到地址的正確位置。

那是棟看起來平凡無奇的農用平房，訊息中提到的那台販賣機就擺放在門口前方。

俊達跟宜仁先把機車停在路口，再徒步往房子走去，隨著距離不斷拉近，那台販賣機的真面目也逐漸在兩人面前變得清晰。

「哇，這台機器是……」俊達忍不住驚呼。

「欸，就這個？」宜仁的反應則是明顯失望。

那是一台報紙販賣機，貨架上擺放著六份不同家的報紙，每家報紙的上半版都被平整地攤開來展示，讓顧客能清楚地看到每份報紙的頭版。

這台機器對俊達來說並不陌生，因為在以前報業蓬勃發展的年代，街頭上經常能看到報紙販賣機的蹤影，直到紙本逐漸被網路取代，報紙販賣機也隨著時間而被淘汰，如今國內僅存的報紙販賣機僅剩個位數，只能在報紙公司內部看到。

雖然是很稀有的機器，但報紙販賣機畢竟是以前就有的東西，為何那封訊息要用「詭異」來形容呢？

走到販賣機前方後，俊達很快發現了詭異的地方。

機器裡販售的並不是今天的報紙，甚至不是今年的報紙。

「西元兩千年八月十五日印刷……」俊達低聲把報紙上印的日期唸了出來，這台機器販售的，竟然是來自二十二年前的報紙。

六份報紙的日期都印著相同的日期，連頭條新聞也一樣。

「警方尋獲失蹤少女，已成冰冷遺體。」

「少女手腳捆綁陳屍後車廂，遭兇手殘忍割喉。」

「鮮血浸滿車廂！警方形容宛如地獄。」

二十二年前的八月十五日，那天發生了一件震驚社會的兇殺案，俊達對這件命案有印象，有路人看到一台車的後車廂不斷流出鮮血而報警，警方到場後，在後車廂裡發現了一名失蹤女高中生的遺體，少女的手腳被反綁，眼睛、鼻子跟嘴巴也被膠帶牢牢封住，但她真正的死因卻是頸部一道足以將脖子割斷的傷口，兇手似乎是先把少女的口鼻封住，一邊欣賞著她窒息掙扎的樣子，再把她割喉殺害的。

因為兇手的手段太過殘忍，讓這起案件在社會上引起不小的恐慌，感到壓力的警方動員全國警力認真起來，很快宣布破案並逮捕兇手，兇手毫無異議地被判死刑定讞，俊達記得兇手不久前才被槍決而已。

二十二年前的報紙為何會出現在這裡？俊達把臉湊到玻璃前，他發現報紙的紙質已經泛黃捲曲，代表這些報紙不是新印的，而是從二十二年前一直保留到現在。

難道有人在二十二年前大量收購這些報紙，放到現在才拿出來賣嗎？

突然，一陣無法形容的恐懼感讓俊達全身毛了一下，因為他想到這起案件的兇手被槍決的日期就在一個禮拜前，正是那封神祕訊息寄來的前一天，是巧合嗎？還是有人刻意讓他來到這裡的呢……

「啊，真無聊耶！」

宜仁突然用拳頭敲了一下販賣機，敲擊的聲響讓俊達回過神來。

「騎那麼遠過來，結果只是一台報紙販賣機，有夠失望的啊！」宜仁抱怨道。

俊達能理解宜仁的想法，雖然他們都是販賣機愛好者，但兩人喜歡的機型各不相同，俊達熱愛復古有年代感的機器，宜仁則是喜歡創新、販售各種意想不到的商品的機器。

「別這樣嘛，我們來都來了。」俊達從口袋裡拿出十元硬幣，準備投進販賣機裡。

「不會吧？你打算買這些舊報紙？」宜仁驚訝地問。

「就當作是紀念品囉，而且二十二年前的報紙搞不好會有值得一看的舊新聞嘛。」

俊達把硬幣投入販賣機裡，並按下其中一份報紙的按鈕。

販賣機發出開始運作的聲音，其中一份報紙被往前推，啪啦一聲掉了下來。

機器吃下硬幣後的運作聲是俊達的最愛，他還會把喜歡的聲音錄下來帶回家欣賞，可以說是只有行家才會懂的醍醐味吧。

把報紙從販賣機裡拿出來後，俊達先聞了一下報紙本身的味道，感覺就像舊書店會有的味道，年代的累積都濃縮在其中了。

「真是太棒了，今天果然沒白來。」雖然只是一台報紙販賣機，但俊達已經心滿意足了。

相較之下，宜仁就顯得失望多了，俊達問他要不要買一份報紙回去當紀念，宜仁直

解謎前．請投幣

接拒絕了，看來他只想快點回到都市裡那些新型機器的懷抱裡。

在騎車離開前，俊達留意了一下販賣機後方的那棟房子。

屋內沒有開燈，門口前也沒有停放車輛或擺放鞋子，感覺不到有人居住在這裡，是空屋嗎？

如果這裡沒有住人，為何這台販賣機會被擺在這裡呢？

每台自動販賣機的擺設，都是為了服務特定的客群。

但俊達就算耗盡他所有的想像力也想不出來，這台販賣機究竟為何而存在？

*****

踏上歸途時，俊達的車負責在前面帶路，宜仁跟在後面，這是他們兩人騎車出遊時培養出的默契。

當兩人快騎到市區時，宜仁突然一反常態，加快油門反超到了俊達前面。

看到宜仁超過自己，俊達心裡大大的「咦」了一聲，因為宜仁並不是會騎快車的人，難道是突然急著想上廁所，所以宜仁才加速要去加油站或便利商店借廁所嗎？

俊達本來是這麼想的，但宜仁超車後卻不斷轉頭往後看，就算隔著安全帽護目鏡也能感受到宜仁驚恐的眼神，彷彿有什麼可怕的東西正在後方追趕他。

頻繁的回頭讓宜仁的機車開始朝對向車道偏移，宜仁的車在短短一秒的時間內跨過雙黃線騎到了對向車道中間，但宜仁仍不斷轉頭注視後方，完全沒看到迎面而來的兩盞車燈。

「宜仁，注意前面！」俊達大叫出聲，但已經來不及了。

碰的一聲巨響，宜仁的車跟對向車道的車輛撞個正著，宜仁整個人飛起來重重摔落地面，解體的機車滑過路面、卡在電線桿旁邊。

俊達馬上停下機車跑到宜仁身邊，跟宜仁對撞的駕駛是一位年輕女士，她雖然毫髮無傷，但整個人已經在駕駛座上完全嚇傻了。

俊達幫宜仁取下安全帽，宜仁已經失去意識，口中不斷吐出鮮血。

直到救護車跟警方趕到現場，宜仁的眼睛都沒有睜開過。

救護車響著警笛離開後，員警請俊達協助釐清事發經過，因為開車的女士還沒從驚嚇中恢復，只是不斷喃喃說著：「他自己撞到我前面的……我什麼都不知道……」

俊達則是如實把當時的情況告訴員警，員警對俊達的說法抱持半信半疑的態度：「所以他真的是自己偏移到對向車道的？」

「是的，不過他當時一直轉頭看後面，好像有東西在追他，我不知道他到底看到了什麼，因為我自己的後照鏡裡根本什麼也沒有……」

「嗯哼。」員警不置可否地哼了一聲，說：「不管他看到什麼，那台機器應該都有記錄下來，看了就知道了。」

員警指的是宜仁安全帽上的GoPro裝置，雖然機體在車禍中被撞毀了，但記憶卡仍完好無缺。

員警將記憶卡放進另一台平板裡，開始播放車禍時錄到的影片。

影片從宜仁超車時開始，畫面接著劇烈地左右搖晃，因為宜仁正不斷轉頭看向後方。

「請等一下！」俊達很快發現了異樣：「可以回放一下嗎？剛剛好像拍到了什麼東西……」

員警按下回放鈕，畫面視角來到宜仁轉頭的時候。

「那是……」

俊達的思緒跟全身血液在瞬間一起被恐懼凍結成冰。

他不知道如何解釋眼前的畫面，事發當時，宜仁的後面應該只有俊達的機車、機車上也只有俊達一個人才對。

但此刻在螢幕上，俊達的機車上除了他自己之外，竟攀附著另一個人影……

2

對半夜餓肚子的人來說，亮著24H招牌的速食店就是他們的救命恩人。

除了解救飢餓的靈魂外，速食店還有比便利商店更舒適的座位，空間也更寬廣，因此成為無家可歸或想找地方坐著殺時間的人的最佳去處。

儘管時間已到半夜三點，這間位於市中心的速食店卻還有好幾組客人留在座位上。

一群看起來像大學生的年輕客人坐在門口旁邊的位置，每個人都埋首在手機遊戲中，偶爾大喊著要隊友注意走位。

除了他們之外，其他顧客都是獨身一人，有趴在桌上呼呼大睡的遊民、還有一臉憂鬱的中年男子，只要從每個人的表情跟衣服稍作推敲，就能猜出他們之所以逗留在速食店的原因。

跟其他顧客相比，余亞黎的存在反而顯得與眾不同，他的桌上空無一物，其他客人就算已經把餐點吃完了也會把垃圾留在桌上不丟，讓別人知道自己有資格坐在這裡。

亞黎身上的服裝也跟一般人明顯不同，他身上披著一件有許多口袋的迷彩多功能背心，頭上也戴著迷彩棒球帽，要是他手上再拿一台相機，看起來就跟拍攝野生動物的攝影師一模一樣了。

不過亞黎手上不只沒有相機，他連手機也沒有拿出來滑，只是坐在位置上凝視著店外。

亞黎凝視的位置，正是這間店的得來速車道口。

但深夜的道路上幾乎沒有車輛，得來速已經好一段時間沒有車子開進來了，但亞黎的眼神仍緊盯著車道口，就像在等某輛特定的車開來一樣……

事實上，亞黎的確是在等待，但不是等人或等車，而是在等某件事的發生。

「亞黎哥，出現了！」在得來速窗口旁值班的店員突然朝亞黎大喊。

終於出現了！亞黎馬上從椅子上彈起來衝到櫃檯後面。

「你聽到聲音了？」亞黎問。

店員咬住嘴唇點了一下頭，亞黎馬上握起拳頭在心裡歡呼，終於讓他等到了！

亞黎在等待的，是怪談發生的時刻。

從上個月開始，這間速食店就陸續有怪事發生，而且還不只一個店員遇到。

據當事人說，怪事通常發生在半夜的得來速，明明沒有車輛進入，但對講機卻會傳來奇怪的聲音。

叩、叩、叩……對講機中會傳來像是高跟鞋走路的聲音，但得來速的監視器畫面卻一個人也沒有。

叩、叩、叩、叩……對講機裡的聲音會慢慢變大，彷彿那人正在慢慢靠近，已經要走到窗口了。

漸漸的，店員的注意力會完全放在對講機傳來的聲音，而不會去注意窗外。

解謎前・請投幣

突然的，叩、叩、叩！

最後一聲叩特別大聲且清晰，因為那不是對講機裡的聲音，而是從窗外傳來的。

這時候要是店員轉頭看向窗外，就會看到一名長髮女子背對窗口站在外面。

就在店員嚇到全身無法動彈的時候，女子會開始往前走，雙腳的高跟鞋繼續發出叩、叩、叩的聲音，直到她整個人走進黑暗中，聲音才會完全消失。

目前有三名店員目擊到這名女子，其中兩名都感覺到身體不適而請了病假，今天晚上值班的剛好是那名沒事的店員，同時也是亞黎的讀者。

雖然亞黎的穿著看起來很像攝影師，但他的職業其實是一名作家，而且是專門撰寫怪談題材的作家。

在作家的圈子裡，亞黎還有一個鼎鼎有名的外號：怪談獵人。

亞黎跟其他作家不同，是個不折不扣的行動派，走遍全國各地只為收集題材。雖然其他作家也會外出旅行，但他們主要的目的是為了放鬆，亞黎卻是以激烈的方式在狩獵怪談。

到怪談發生的地點、訪問目擊的當事人、見證怪談發生的時刻並將之捕捉到自己的題材庫，這就是亞黎的作風。

「來，你聽聽看。」

店員把耳機遞給亞黎，亞黎把耳朵湊到其中一邊的聽筒上，果然聽到裡面傳出具有節奏感的叩叩聲。

叩、叩、叩……高跟鞋的聲音越來越靠近，亞黎專心聽著聲音，眼神同時留意著窗口外面，女鬼隨時都會出現。

亞黎狩獵怪談的次數已不下一百次，但他一直沒有看過真正的鬼，每次狩獵的結果要嘛不是烏龍一場，不然就是只聽到詭異的聲音，鬼怪根本沒現身。

這一次終於有機會可以親眼目睹到怪談中的鬼怪了，亞黎睜大眼睛看著窗外，他跟店員的心跳聲都大到隔著胸膛也能聽到，但店員是因為恐懼才心跳加速，亞黎卻是因為興奮。

當高跟鞋的聲音已經接近到彷彿對方就在面前時，一聲刺耳的汽車喇叭聲突然像炸彈般在耳機裡引爆，瞬間蓋掉所有聲音。

「哇靠！」亞黎跟店員拋下耳機，兩人的耳膜都一陣刺痛。

解謎前・請投幣

監視器螢幕中，一台黑色轎車按著喇叭高速駛進得來速，然後在窗口前急速剎車。

「完了……」亞黎發出哀號，就算女鬼剛才打算要現身，現在也鐵定被這台兇猛的車嚇跑了。

更慘的是，亞黎認得這台車，車上坐的正是他現在最不想見到的人。

黑色轎車的車窗緩緩放下，一張清秀的女子臉孔隨之出現，女子的五官標緻，有化妝的話絕對是網美等級，一雙大眼睛特別漂亮，只不過現在她的眼神卻跟厲鬼一樣恐怖。

「找到你了。」女子狠狠瞪著亞黎。

******

「所以妳怎麼知道我在那裡？」

副駕駛座上的亞黎朝開車的女子問道，他的語氣帶著不甘心，就像玩捉迷藏時被找到的小孩子。

女子手握著方向盤，冷冷回答道：「只要搜尋最近網路上熱門的怪談景點就好了，反正你這個人只會追著怪談跑，不是嗎？」

「妳半夜不睡覺，專程出來找我，這樣好嗎？」亞黎說：「熬夜容易長皺紋耶，妳不是一直抱怨找不到男朋友嗎？」

「混蛋，也不想想是誰害的！」女子掄起拳頭，在亞黎肩膀上揍了一拳。

「哇啊，郭可宸！很痛耶！」

儘管被如此暴力對待，但亞黎並沒有還手或跳車逃逸，因為他知道讓對方從乖乖女變成暴力女的罪魁禍首就是自己。

兩年前可宸剛進入出版社時，第一份工作就是亞黎的責任編輯，當時她的個性還十分溫馴，言行舉止都很溫柔，但亞黎在這兩年的特立獨行，讓可宸逐漸擺脫原本的人設，變成為了追稿不擇手段的女狂人。

亞黎為了狩獵怪談，常常把稿子丟著不寫人就不見了，就算可宸好不容易把他抓回來工作，寫出的故事也跟原本擬好的大綱完全不同，亞黎的隨興式創作法讓他的故事結局總是變來變去，可宸因此挨了不少罵，連帶喚醒了埋藏在她血液中的暴力基因。

解謎前・請投幣

還好亞黎的作品在市場上都有不錯的成績，不然根本沒有出版社想跟這樣一個怪人合作，而目前整個業界唯一能管住亞黎的也就只有可宸了，被揍久之後，亞黎對可宸的拳頭還是會感到畏懼的。

「妳知道妳剛剛打斷了什麼嗎？」亞黎抱怨地說：「差一點……就差一點點，怪談中的鬼就要出現了，偏偏妳跑來把鬼嚇走了。」

「你要是有乖乖工作，我會三更半夜跑出來嗎？吃飽太閒啊我？」

可宸又舉起手作勢要揍亞黎，亞黎趕緊擺出防禦姿勢。

「會怕就好，」可宸放下拳頭，嘆口氣說：「今天是截稿的最後一天，我這一天死也要盯著你把工作完成，你應該有把電腦帶出來吧？」

「咦？」亞黎有不好的預感：「妳該不會又要用那招了吧？」

「當然，只有這招能關住你啊。」可宸嘴角露出不懷好意的微笑。

兩人口中說的那一招，指的是直接把亞黎帶到出版社，並在可宸的監控下工作，除非稿子寫完，不然不能離開出版社，等於是變相的軟禁。

當然，這不是可宸第一次這麼做了，非常時期就是要用非常手段。

******

可宸把亞黎強制帶到出版社時天還沒亮，出版社內只有他們兩人，整片空蕩蕩的座位顯得十分陰森，不過這剛好是亞黎喜歡的氛圍。

「你先在沙發上睡一下吧，天亮後準時開工，我先去幫你買咖啡跟早餐。」可宸秀了一下手上的鑰匙，「我先警告你，大門跟窗戶我都反鎖了，別想逃跑喔。」

「我知道啦，又不是第一次了。」亞黎無奈地說。

可宸離開後，亞黎在沙發上打開筆記型電腦，打算直接開始寫稿，算算進度，這份稿子還少兩萬字，如果他想認真工作的話，應該中午前就能寫完了。

電腦連上Wi-Fi後，一通系統通知跳了出來，顯示亞黎的信箱有一封未讀郵件。

半夜還會有人寄信來？亞黎覺得很奇怪，直接點進去信箱查看。

看到寄件人的名字後，亞黎更疑惑了，因為寄信來的竟然是他的高中同學，俊達。

高中時期，他跟俊達算是臭味相投的好朋友，因為他們兩人都有獨特的愛好，亞黎喜歡去鬧鬼的地點探險，俊達則是鍾情自動販賣機，他們兩人經常在假日騎著腳踏車到處跑，除了一起去鬼屋探險外，亞黎也會陪俊達去朝聖各式各樣的販賣機。

但高中畢業後，兩人已經將近二十年沒聯絡，彼此都從十幾歲的男孩變成三十多歲的大叔了，俊達怎麼會突然聯絡他呢？

先拋下疑問不管，俊達的信件標題確實引起了亞黎的注意。

「大作家，你對詭異的販賣機有興趣嗎？」

疑問句的標題，看起來像極了一個魚餌。

「有意思……」

亞黎舔舐著嘴唇將信件點開來，此時的他已經把工作拋在腦後了。

3

可宸在出版社裡醒來時，發現窗外照射進來的陽光已變得昏暗，她抬頭看向牆上的時鐘，時間來到下午六點，多數同事都已下班，只剩少數人留在座位上。

「糟糕了！」可宸在心裡慘叫，她整個上午都在監督亞黎工作，無論如何都要讓他在今天交稿，但昨晚熬夜還是太累了，可宸本來只想躺在沙發上小睡一下，沒想到竟然直接睡到黃昏。

亞黎人呢？要是他趁自己睡著時落跑就糟了，可宸迅速看向自己的座位，很快鬆了一口氣，亞黎還留在座位上寫稿。

可宸站起來走到亞黎身後，從Word檔的總字數看來，亞黎已經快完稿了。

「不錯嘛，竟然沒有趁我睡著時偷跑。」可宸酸溜溜地說，因為亞黎實在有太多前科了。

「妳儘管放心好了，我今天晚上跟朋友有約，所以我一定會在今天交稿，免得妳又跑來抓我。」

亞黎按鍵盤的力道突然加大，這是多數作家在完稿時會有的習慣動作，代表終於完工了。

「完成了！可以放我自由了吧？」亞黎高舉雙手，如釋重負地吐出一口氣。

「等我檢查完再說吧，要是你又胡亂交差，就等著吃我的拳頭吧。」

解謎前・請投幣

可宸把隔壁同事的椅子拉過來坐下，開始檢查亞黎剛寫完的稿子，出乎意料的，亞黎這次都有照原本的故事大綱寫，錯字也只有少數幾個，可宸甚至懷疑這份稿子是亞黎趁她睡著時找人代筆寫的，不管怎樣，有完稿就好。

把校閱完的稿子寄給總編後，可宸問：「老實說吧，你晚上跟誰有約？你的朋友明明只有那些怪談故事而已。」

亞黎神祕地笑了一下，說：「我的一個老同學說有怪談的情報要提供給我，而且可以說是全新模式的怪談，晚上我一定要去找他！」

全新的怪談？可宸懷疑地看向亞黎，只見亞黎的表情就跟發現新大陸一樣興奮，只要是跟怪談有關的事，都會讓這傢伙失去理智。

「稿子已經交出去了，下本書也還不急，我可以走了吧？」

還沒等可宸回答，亞黎就想轉身跑走，可宸及時拉住他的後領，說：「喂，給我等一下喔。」

「幹嘛？我的工作已經完成了耶。」亞黎疑惑地轉過頭。

「我對於你狩獵怪談的行為其實沒有意見，但至少你要能寫成作品吧？」

「妳的意思是說……」

「我跟你一起去，你這次的稿子真的拖太久了，如果不馬上幫你計劃下一本書，總編是不會放過我的。」

可宸把電腦關掉，緩緩站起來穿上外套，一邊說道：「我也要去聽聽看那全新的怪談到底是什麼，或許能讓我有素材跟總編提案。」

「呃……」亞黎猶豫著說：「如果我不讓妳跟的話呢？」

可宸二話不說把拳頭舉到亞黎面前，直接讓亞黎低頭妥協了。

*****

亞黎跟俊達約在出版社附近的一間小酒館碰面，在等俊達來的這段時間，亞黎把俊達的信件轉寄給可宸，讓她先看過一次。

「詭異的報紙販賣機，確實是前所未見的現代怪談，看來可以寫出一本好書呢。」

可宸稱讚完後，突然瞪了亞黎一眼說：「前提是你乖乖工作，不要再給我亂跑了。」

解謎前．請投幣

在可宸的拳頭面前，亞黎也只有尷尬苦笑的分。

酒館的門打開了，儘管已有二十年沒見面，亞黎還是很快認出了俊達。

「阿達，這邊！」

亞黎向俊達招手，兩名老友相互擁抱後，俊達的視線停留在可宸身上，他錯愕地問：「這位是……」

「你好，我是亞黎的責任編輯，敝姓郭。」可宸拿出名片遞給俊達。

俊達沒料到亞黎的編輯竟然是位大美女，一時間看傻了眼，直到亞黎出手把他按到座位上，俊達才稍微回神。

跟服務員點了一份三人份的炸物拼盤後，俊達很快進入正題：「我寄給你的那封信，你們兩位都看過了？」

亞黎跟可宸同時點了一下頭，俊達在信中寫的內容，正是他因為神祕訊息而發現那台報紙販賣機，以及目睹宜仁發生車禍的經過。

「你那位出車禍的朋友有好一點了嗎？」可宸關心地問。

「好很多了，雖然還在住院，但意識已經恢復，也可以正常對話了，只是他好像在害怕什麼，堅持不跟警方解釋他偏移到對向車道的原因。」

「他一定看到了什麼吧。」亞黎迫不及待地問：「你在信裡說GoPro錄到你車上還有另一個人，是怎麼回事？」

「對了，這個也要讓你們看過才行。」俊達拿出手機，並把螢幕展示給亞黎跟可宸看。

螢幕上是GoPro攝影機的截圖，一台機車面對著鏡頭，想必就是俊達的車了。

「請仔細看我的後面，」俊達提醒道：「有注意到什麼嗎？」

亞黎跟可宸瞇起眼睛仔細觀察，發現俊達的身後似乎有一個模糊的人影，水藍色的服裝若隱若現，可宸說：「衣服的形狀看起來很像高中生的制服，而且是女生的水手服……」

「不會吧，這樣妳也看得出來？」亞黎說。

「我高中時穿的就是類似的制服，錯不了的。」可宸篤定地說。

「這位小姐說的沒錯，那的確是水手服。」俊達說：「不只這樣，我有去查過，那件水手服的款式就跟二十二年前遇害的女高中生一模一樣。」

「欸？」亞黎跟可宸一起發出驚訝的聲音，「你已經自己展開調查了嗎？」

俊達點頭說道：「我開始調查之後，才發現原來不只有我收到那封神祕訊息，販賣機愛好者的圈子裡有很多人都收到了，不過親自去找到那台販賣機的就只有我而已。重要的是，每個人收到的販賣機地點都不一樣，代表那台詭異的報紙販賣機不只一台，有人刻意把二十二年前的報紙拿出來販售，他的目的似乎是想讓世人重新想起當年的女高中生命案……現在有很多謠言在我們這個圈子裡流傳，如果真的遇到那台報紙販賣機，就一定要買一份報紙才能走，不然就會像宜仁一樣出事，或許我那天能平安無事，就是因為我有買報紙的關係吧。」

「但販賣機一定有人會去收錢跟補貨吧？只要在那台販賣機附近守株待兔，不就能知道是誰在搞鬼了嗎？」可宸很快發問。

「我也有想過這點，所以我前幾天又去了一趟那台販賣機的所在地，結果你們猜我看到了什麼？」俊達先賣了個關子，喝下一口水後才繼續說道：「什麼都沒有，販賣機已經從那棟房子前面消失了，地上更是一點痕跡都沒有，那台販賣機彷彿根本不存在過，但我買的報紙卻又是真實的……」

「你買的那份報紙，今天有帶過來嗎？」亞黎問。

俊達點點頭，同時從背包裡把報紙拿出來放到桌上，亞黎伸手拿起報紙，只見頭條新聞就是二十二年前的女高中生命案，報紙明顯泛黃，紙質也變得粗糙，果然是有年代感的報紙。

「你需要的話，這份報紙就給你吧，這也是我寄信給你的目的。」俊達突然說道。

亞黎馬上猜到俊達之所以這麼說的理由：「你把報紙帶回家後，又發生了什麼事對吧？」

「嗯，雖然那天我平安無事回到家，但這份報紙……感覺有什麼東西附在上面跟我一起回家了，我不敢把它丟掉或燒掉，只能把它鎖在抽屜裡，但我在夜裡還是能聽到它自己翻動的聲音，甚至能聽到有人在抽屜裡低語，像是在慫恿我把抽屜打開來，把報紙發出去讓更多人看見……然後我就想到你了，只有你不怕這些事情。」

「我懂了，你想把這個不祥之物轉移給我。」亞黎沒有絲毫猶豫，直接把報紙塞進電腦包裡，說：「老朋友的好意我怎麼能拒絕呢？這份報紙我就收下了，我可是很期待會發生什麼事呢。」

解謎前，請投幣

「謝謝你。」

看到亞黎果斷地收下報紙，俊達鬆了一口氣，但他隨即正色說道：「如果那台販賣機的出現真的跟二十二年前的案子有關，那能查出真相的也只有你了，畢竟只有你有這份執著。」

「多謝老朋友誇獎。」亞黎哈哈一笑，然後拍著電腦包對可宸說：「怎麼樣？這是個不錯的題材吧？」

可宸露出複雜的表情說：「雖然我常常揍你，不過我還是要提醒你小心一點，畢竟真的有人受傷了。」

「這樣才好啊，代表其中的力量是真實的，跟真實案件有關的怪談最棒了！」亞黎開心的模樣就像剛拿到玩具的小孩子。

可宸實在搞不懂亞黎的思考邏輯，他難道都沒有想過，怪談獵人有一天會反過來變成獵物嗎？

不知道為什麼，網咖店員煮的泡麵，就是比自己在家裡煮的好吃。

比起家裡或咖啡廳，亞黎更喜歡在網咖工作，現在的網咖已經很難看到一整排人坐開、遊戲爆炸音效跟廝殺聲震耳欲聾的畫面了，若不提高經營的品質，網咖很難繼續經營下去，所以很多網咖都走向精緻化，把以前擁擠的座位改成獨立的舒適包廂，甚至還有可過夜的臥式包廂及盥洗設備，幾乎可以當成膠囊旅館來居住。

網咖包廂的隔音效果跟隱密性都很好，只要把門關上，整個空間就是自己的了，玩到肚子餓的話，只要透過電腦選單點餐，店員就會直接把餐點送到包廂，唯一的缺點是照不到陽光，網咖內的燈光又特別昏暗，關在包廂裡一兩天，就會有一種跟外界隔離好幾個月的感覺。

亞黎這幾天都把自己關在網咖的臥式包廂裡，開始撰寫新書的前置作業，他雖然是偏激的行動派，但行動前也是會做好準備的。

頂級的電腦設備就在眼前，但亞黎沒有用它來玩遊戲，而是上網搜尋跟二十二年前的女高中生命案有關的資料，同時他也加入了自動販賣機愛好者的社團，藉此收集跟那台報紙販賣機有關的資訊。

至於從俊達那邊拿到的那份代表不祥之物的舊報紙，則是被亞黎放在電腦旁邊。

對亞黎來說，怪談跟作家之間的羈絆是很重要的，就像工程師會在機台旁邊放乖乖一樣，把怪談的相關物品帶在身邊，能讓亞黎工作起來更有動力，彷彿自己也成為了怪談故事中的一分子……

*****

包廂外傳來敲門的聲音，亞黎緊盯著電腦，他頭也不抬就直接說「進來吧」，因為會來這裡找他的，就只有那個人而已。

包廂的門被拉開來，在外面的果然是可宸，她手上提著兩杯珍珠奶茶，不等亞黎同意，她就直接脫鞋進到包廂裡，臥式包廂的空間夠大，就算擠進三個人也不成問題。

一看到可宸帶來的飲料，亞黎瞬間睜大雙眼，迅速把其中一杯珍奶搶過來，插進吸管喝了一大口。

「急什麼？你在網咖不是有吃有喝嗎？」可宸有點被嚇到了。

把咀嚼後的珍珠吞下後，亞黎像是重獲新生般，感激地對可宸說：「得救了……網咖店員煮泡麵的工夫雖然一流，不過泡出來的飲料就讓人敬而遠之了，飲水機的水也有一股怪味，喝起來很奇怪。」

「既然這樣，不要待在這裡不就好了？」可宸說：「跟其他人一樣去咖啡廳工作不好嗎？還有出版社也歡迎你，我的座位隨時可以分一半給你。」

「才不要，那就沒有氣氛了。」

在風光明媚的咖啡廳不可能寫出優秀的怪談小說，這是亞黎的工作原則，至於出版社，除非在截稿前夕被可宸強制抓去寫稿，不然亞黎根本不想踏進去裡面。

可宸也拿出自己的珍奶喝了一口，然後說道：「來吧，回報一下這兩天的進度，總編特別要我嚴格監督你，免得你又突然給我搞失蹤。」

「放心啦，這次不會了，短時間內應該沒有其他怪談能轉移我的注意力了。」

亞黎自信地拍著胸膛，可宸的眼神卻仍帶著一絲懷疑，因為她之前實在上當過太多次了。

解謎前・請投幣

「先來說好消息吧！」亞黎繼續大口喝著珍奶說道：「那台報紙販賣機的傳言，目前仍然只在販賣機愛好者的圈子裡流傳，確實有好幾個人都收到了類似的神祕訊息，但按照訊息前往指定地點的只有俊達跟宜仁，也就是說他們兩個是目前唯二的目擊者。」

「這算是好消息嗎？」

「當然啦，要是消息流傳到圈子外面，目擊者數量開始增加，這件事就會變成廉價的都市傳說了，我可不想看到這樣，我希望這是獨家的題材，寫出來就要一鳴驚人。」

亞黎對這種事總有莫名奇妙的堅持，可宸嘆了一口氣，又問：「那二十二年前的那件案子呢？有找到什麼新東西嗎？」

「這就算是壞消息了……」亞黎露出沮喪的表情，他將網頁的書籤點開，裡面全是他這幾天整理的資料：「我把案情反覆看了好幾次，但一直找不到可突破的疑點。」

二十二年前的女高中生命案，死者名叫夏娜筠，班導師在接受訪問時，曾表示夏娜筠是一名相當乖巧的學生，在班上的人緣很好。

悲劇發生當天，夏娜筠放學後遲遲沒有回家，她的家人焦急地報了案，沒想到她的屍體隔天就被發現了。

夏娜筠被發現陳屍在一輛轎車的後車廂裡，因為鮮血不停從車廂裡流出來，而引起了路人的注意。

警方到場後，發現兇手先把夏娜筠的手腳反綁，再把她的口鼻用膠帶貼住，最後才在她的頸部補上致命的一刀，下半身更留有性侵後的痕跡。

查出車主身分是一名叫魯桂民的工人後，警方很快把他列為頭號嫌疑犯逮捕了，經過詳細的調查，警方發現魯桂民下工後經常出入色情場所，當天賺的工錢總是很快就花掉，而在夏娜筠遇害的前幾天，魯桂民的工班都沒有接到工作，警方合理懷疑魯桂民是因為沒錢洩慾，才會選擇夏娜筠作為犯案目標。

經過ＤＮＡ比對，證實夏娜筠下半身的性侵殘留物就是屬於魯桂民的，雖然魯桂民從頭到尾都否認犯案，但在證據確鑿的情況下，魯桂民毫無意外的被判處死刑定讞，並於今年被槍決，也就是報紙販賣機出現的前一個禮拜。

「乍看之下，這起案件沒有任何疑點，雖然有無辜的受害者死去，但犯人也受到法律制裁，對社會大眾來說，案件已經圓滿落幕了。」

亞黎伸手指著電腦旁邊的舊報紙，說：「但事情會這麼巧嗎？犯人剛被槍決，那台

解謎前・請投幣

報紙販賣機就出現了，幕後主使者一定是想透過二十二前的報紙來傳達什麼訊息……」

「等一下，你說的這個幕後主使者，你覺得會是誰？」可宸問。

「只有兩種可能，第一種就是跟死者夏娜筠有關，第二種就是跟犯人魯桂民有關，不管是哪一種，他們的目的都一樣，就是想告訴其他人，這起案件其實沒有表面上那麼單純。」

「但不管是媒體的報導還是警方的調查，都表明了魯桂民就是兇手不是嗎？」

「或許吧，但像這種引起社會公憤的案子，警方跟媒體往往只會選擇民眾想看到的消息來發布，從魯桂民被列為嫌疑犯的那一刻開始，社會大眾唯一想看到的就是讓他快點被處死，除此之外的其他線索都不重要。」

亞黎用嘴唇發出嘖嘖嘖的聲音，說：「搞不好在這起案件中，還有一塊警方不敢說、媒體也不敢寫的黑色地帶，那台報紙販賣機的出現，就是想讓人們發現這點也不一定。」

「嗯哼。」可宸不置可否地應了一聲，每次只要給亞黎一點素材，他就能自己延伸出一套故事並講得頭頭是道，但他每次還是會拖稿，所以不管亞黎的推測是不是真的，可宸現在在乎的只有他能不能準時交稿而已。

「反正你資料收集得差不多後開始寫就對了，我這次沒有耐心等太久喔。」

送飲料監督的任務已經達成，可宸把包廂的門拉開準備離去，亞黎卻叫住她：「下次來可以幫我帶整桶的杜老爺嗎？要巧克力口味的！」

這傢伙，完全把我當外送員了是嗎？可宸忍住想揍人的慾望，淡淡地留下一句「再看看」，然後將包廂拉門碰一聲用力關上。

這一瞬間，其他包廂的人都探頭出來看發生了什麼事，但一看到眼神燃著怒火的可宸站在走道上，每個人又把頭縮回去了。

*****

晚上，亞黎在盥洗區洗完澡，經過櫃檯準備回包廂的時候，順便跟店員點了一盤炸水餃當宵夜，網咖店員除了煮泡麵之外，油炸食物也很有一套，只有泡飲料的技術真的有待加強。

點完餐後，亞黎繼續走向自己的包廂，就在他離包廂只剩下幾步距離時，亞黎的腳步突然停了下來，臉上的表情也變得緊繃。

亞黎只要離開包廂，不管是去上廁所或裝水，他一定會把包廂的門完全關起來再走，但現在，他的包廂門卻被拉開了三分之一。

是小偷嗎？亞黎放輕腳步，慢慢朝包廂走近，果然看到一個人影在包廂裡一閃而過。

「喂！」亞黎一個箭步上前把門拉開來，打算直接逮住對方，但包廂裡只有電腦跟他的個人物品，剛才的人影已憑空消失。

看錯了嗎？不，亞黎相信自己的眼睛，就在剛才，他確實看到一個水藍色的身影出現在包廂裡，那身影的輪廓就跟宜仁的GoPro拍到的一模一樣。

是夏娜筠嗎？她為什麼會出現在這裡？

亞黎開始檢查自己的物品，或許夏娜筠的出現是為了留下什麼線索也不一定……

很快的，亞黎在那份二十二年前的舊報紙頭版上發現了一個詭異的記號，亞黎之前已經把這份報紙翻閱過無數次了，但這記號卻是他第一次看到。

那是一個用指甲留下的圓形記號，有人把指甲尖端抵在報紙表面上，然後畫了一個小圓圈。

在圓圈中央的是一個名字，賴育誠，他正是撰寫頭版新聞的記者。

「這就是妳想傳達給我的訊息嗎？」亞黎喃喃說著，「如果是的話，那還真是突破盲點了呢。」

在這之前，亞黎的調查都是以案情為主，完全沒想到記者這一塊，夏娜筠留下的記號給了他一個新方向。

將賴育誠的名字輸入搜尋引擎後，許多資料馬上跑了出來。

二十二年過去，賴育誠已經褪下記者的身分，目前是市政府新聞局的資深主管，偶爾能在市政府發的新聞上看到他的名字。

但賴育誠的現在不是重點，重要的是他的過去。

亞黎發現，二十二年前，賴育誠是第一個揭露犯人身分的記者，其他媒體還在絞盡腦汁想辦法從警方那邊套情報時，賴育誠已經掌握一切了。

也就是說，他有特殊管道能先一步得到警方的消息。

亞黎點出賴育誠在新聞局的個人資料，全身細胞蠢蠢欲動。

看來是時候離開網咖，展開行動了。

5

入夜後的城市，許多辦公大樓的燈都已熄滅，員工也陸續下班踏上歸途，唯有市政府新聞局的樓層仍燈火通明，許多人影忙碌地在窗邊穿梭著。

這一個月來，受到市長近期的醜聞影響，不管是新聞局裡的高層主管或基層聘員，加班到半夜已成為他們的常態，準時下班則是一種奢求。

由於政敵在今天公布了對市長不利的新證據，此時此刻，新聞局的員工正在收集資料、絞盡腦汁擬出回擊的新聞稿，並打電話安排明天的記者會。

等到熄燈下班的那一刻，時間已來到凌晨兩點。

賴育誠將門禁卡刷過大門，走出大樓後，他沒有急著往停車場走，而是靠在大門旁邊，點起一根菸，悠悠地抽了起來。

新聞局的其他員工也陸續走了出來，每個人的臉上都帶著倦容，有人甚至連眼睛都快睜不開了。

從賴育誠身邊經過時，每個人都跟他點了一下頭，有氣無力地打招呼：「育誠哥，晚安。」「組長明天見。」

「大家今天都辛苦了，快回家休息吧。」看著眼前這些年輕人疲憊不堪的樣子，育誠不只為他們感到不捨，心裡更在淌血。

身為資深主管，育誠心裡很清楚，他們打的是一場沒有盡頭的戰役。

不管市長在明天的記者會上怎麼回擊，已經失去信心的民眾都不會去聽，政敵的媒體也會繼續抓住市長的小辮子窮追猛打，到時他們又要加班擬出另一份稿子、開另一場記者會，就這樣陷入無止盡的循環，一切就只為了幫那些高官擦屁股。

育誠吐出長長一口氣，然後把菸霧吐到空中。

看著逐漸散開的菸霧，他不禁想起了過去的自己。

以前的育誠是個什麼都敢寫、不管什麼新聞都衝第一的熱血記者，現在卻只能聽官員的話做事，雖然薪資穩定，但這並不是育誠想要的。

解謎前・請投幣

如果可以，他還是想回到當記者的時候，跟其他同仁一起衝鋒陷陣搶新聞，那才是真正的他。

但，就算現在的育誠還有僅存的熱血可以燃燒，他的良心也不允許他回到那個世界了，把他困在這裡的並不是別人，而是他當年鑄下大錯後的罪惡感。

回憶逐漸變得清晰，育誠趕緊甩了一下頭，避免自己想起「那件事」，每次進入那段回憶，他的心臟就會莫名地絞痛，整個人像被地獄業火燃燒般難受。

把菸熄滅丟進垃圾桶後，育誠轉頭看了一下門口，其他同仁都離開了，一樓只剩櫃檯後的保全。

差不多也該回家了……就在育誠剛轉身要走去停車場時，一名男子突然出現在他面前，擋住了他的去路。

「是賴育誠組長嗎？」男子指名道姓地問，育誠嚇了一跳，因為他從未見過這名男子，再說，哪有人會在凌晨兩點跑來找人的？

育誠打量著男子的裝扮，對方戴著棒球帽，穿著有許多口袋的多功能背心，看上去像是一名攝影師，難道是想來挖市長新聞的記者嗎？

見育誠沒有回答，那男子又說：「我知道你就是賴育誠，可以問你一些事嗎？」

育誠不悅地皺起眉頭，什麼啊，這種沒大沒小的語氣是怎樣？受過訓練的記者不可能這麼沒禮貌，這男的到底是什麼身分？

保全聽到男子的聲音後，也跑出來關心道：「賴組長，怎麼了嗎？」

育誠不想跟男子浪費時間，於是跟保全說：「他好像是來挖新聞的記者，可以請你幫我把他攔住嗎？我要回家了。」

這種事情並不是第一次發生，保全很快反應過來站在兩人中間，不讓男子跟育誠有進一步的接觸。

「麻煩你了。」

育誠跟保全道謝後往旁邊離開，男子仍不放棄地喊道：「喂！你別走啊，我有很重要的事情要問你！」

男子想要去追育誠，但馬上被身材魁梧的保全攔住。

育誠頭也不回地朝停車場走去，男子這時又喊出另一句話。

「你在二十二年前寫過夏娜筠命案的報導吧？你是第一個爆料出兇手身分的記者，

你的消息來源是哪來的？喂！別走啊！」

突然，育誠的腳步停頓了一下，但不到一秒後，他就決定繼續往前走。

男子的聲音仍在身後大聲嚷嚷，只是育誠已經聽不到他在說什麼了。

正確來說，不是育誠聽不到，而是他選擇不去聽。

不管那男子究竟是誰，也不管他知道了多少，育誠都不願再想起罪惡的過去。

＊＊＊＊＊

空曠的停車場裡只剩下育誠的一台車，會把車停在這裡的都是在附近上班的民眾，而育誠已經習慣當最後一個把車開走的人了。

育誠一邊把零錢從皮夾裡掏出來，一邊走到繳費機前面。

突然間，他注意到繳費機旁邊多了一道明顯的光源。

探頭一看，育誠發現繳費機旁邊多了一台方正的機器，是賣飲料的自動販賣機嗎？

早上停車的時候明明還沒有的啊。

有飲料販賣機也好，剛好可以買一杯咖啡，開回家路上慢慢喝。

育誠本來這麼想著，但當他抬頭看到販賣機上販售的物品時，準備把零錢投進機器裡的手卻突然僵在空中，這一瞬間，跟「那件事」有關的回憶清晰地浮現在育誠眼前，可怕的感覺再次襲來，心臟像是直接被捅了一刀般發出劇痛。

那是一台報紙販賣機，育誠看一眼就認出機器裡販售的並不是今天的報紙，而是二十二年前的報紙，因為這些報紙的頭版全是跟夏娜筠命案有關的報導，而且都是育誠親自寫的。

為什麼當時的報紙會出現在這裡？是有人刻意擺放的嗎？還是……

像是有無數隻蚊蟲在腦內飛舞，育誠耳邊只聽得到惱人的嗡嗡聲，腦袋完全無法正常思考。

不，耳邊好像還有其他聲音……育誠仔細聆聽，發現原來是販賣機發出的聲音。

販賣機突然自己開始運作起來，一份報紙跟著掉在出貨口。

育誠低下頭，不知所措地看著那份報紙，他該把報紙拿出來嗎？還是……

兩道詭異的視線感從上方傳來，育誠直覺地抬起頭，跟視線的主人對上了眼。

販賣機表面的玻璃倒影上，除了育誠之外，還有兩個人一左一右地站在他的背後。

育誠倒抽了一口氣，他不敢相信自己的眼睛。

「你們兩個為什麼會……」

育誠一句話還沒說完，販賣機突然發出玻璃裂開的聲音，蜘蛛網狀的裂痕蔓延開來，上面倒映出來的臉孔也跟著破碎。

最後「碰」的一聲巨響，整片玻璃像手榴彈碎片般爆炸開來。

育誠完全沒有時間去做任何反應，而他最後看到的畫面，正是朝著眼珠直飛而來的碎片尖端。

6

在大樓門口耗了好幾分鐘後，保全才終於讓亞黎離開，但等亞黎跑到路上時，視線所及之處已經看不到育誠的身影了。

亞黎沮喪地嘆了一口氣，看來只好明天再來堵人了。

新聞局大樓旁有一片廣闊的停車場，亞黎垂頭喪氣地從停車場出入口前走過去時，抱著賭一把的心情朝停車場內看了一眼，搞不好賴育誠還在停車場裡來不及離開。

沒想到這偶然的一眼，卻讓亞黎看到了奇異的一幕。

停車場出口處，在繳費機燈光的照射下，可以看到有個人躺在地上，而那個人穿的衣服就跟亞黎剛才在賴育誠身上看到的一模一樣。

亞黎跑進停車場來到那個人的身邊，一看到對方的臉孔，一股惡寒從亞黎的腳底冒到頭頂，因為要不是這身衣服，亞黎根本認不出對方就是賴育誠。

賴育誠趴臥在繳費機旁邊，整張臉像是被許多利器刺傷，布滿大小不一的傷口，幾乎可以用面目全非來形容，從他臉上流出的鮮血更沿著身體匯聚成一道小河，緩緩往外流出。

亞黎伸手探了一下賴育誠的呼吸跟脈搏，雖然很微弱，但他還活著。

打電話叫救護車後，亞黎試著叫喚賴育誠的名字，但對方仍處於昏迷狀態，沒有任何反應。

沒有醫療專業的亞黎只能先站到一邊，並希望救護車可以快點趕來現場。

解謎前·請投幣

突然，從賴育誠身邊延伸出去的血河吸引了亞黎的注意。

那道由血所組成的小河一直延伸到兩公尺外的地面上，而在血河的盡頭處，似乎有著什麼東西……

亞黎慢慢走近一看，一份報紙躺在盡頭處，亞黎一看到頭版就認出那不是普通的報紙，而是另一份二十二年前的舊報紙。

為什麼這份報紙會在賴育誠旁邊？難道那台販賣機剛才有出現在這裡嗎？

亞黎盯著那份報紙，試著理解賴育誠身上究竟發生了什麼事，但報紙上的某個角落吸引了亞黎的注意力。

從賴育誠身上流過來的血河浸濕了報紙的一角，而在那個角落的，剛好是頭版報導中提及的一個名字。

亞黎很快想起了網咖發生的事，當時也是因為賴育誠的名字被做了神祕的記號，他才找到這裡來的。

救護車的警笛聲從身後響起，亞黎趕緊把報紙撿起來塞進背包，並轉身跟救護車大力揮手。

賴育誠被送上救護車時生命跡象還算穩定，但他的傷勢怎麼看也不像意外，因此警方很快也到場調查，亞黎跟警察說自己只是湊巧發現賴育誠的，並沒有目擊到案發的瞬間，加上案發幾分鐘前他還被保全擋在大樓門口，這點保全可以作證。

確認亞黎沒有嫌疑後，警察做完筆錄就請他先離開了。

亞黎離開現場後，他第一個想法不是回家，而是要去找可宸，因為接下來的線索需要她的協助。

今天是星期三，亞黎知道可宸不會這麼早睡，而是會出現在某個地方。

*****

「Jack，再來一瓶百威！」

可宸晃了一下手中喝乾的酒杯，杯中的冰塊發出鏗鏘的碰撞聲，酒保很快開了一瓶百威啤酒拿到可宸前方，可宸也不囉嗦，用手勢示意酒保把酒倒滿，然後一口喝乾。

酒保憂心地看著可宸，他倒不是擔心可宸的酒量，可宸是這間酒吧的老顧客了，她經常在這裡獨飲到清晨，回家小睡三四個小時後再直接去上班，可見她的酒量跟意志力有多驚人。

不過身為酒保，跟顧客談心也是工作內容之一，酒保又幫可宸倒了一杯酒，然後問：「郭小姐，妳今天晚上喝得特別兇呢，那些作家又讓妳頭痛了嗎？」

「唉，那群王八蛋……算了，別說了。」

可宸很快又把一杯酒喝完，但清涼的啤酒完全無法減輕她的煩惱，在她負責的作家裡，光是一個愛拖稿的余亞黎就讓她很頭痛了，最近還有個作家一直想約可宸去露營過夜，那傢伙的書賣得不錯，但在感情這一塊卻是聲名狼藉的渣男，還有個只拿過一次文學獎就幻想自己是大文豪、開始把可宸當成私人助理使喚的混蛋作家，這些人說穿了就是文筆比較好的衣冠禽獸，要不是自己是編輯，早就把這些傢伙狠狠揍一頓了。

眼看剛開的百威啤酒要喝完了，可宸舉起手要再開一瓶時，突然一個熟悉的聲音從旁邊傳來：「再開一瓶百威！這位小姐接下來開的酒都算我的！」

可宸心裡一涼，一轉頭果然看到亞黎坐在她旁邊，臉上還帶著興奮又不懷好意的笑容。

「你來這裡幹嘛……不對，你怎麼知道我在這裡？」可宸盡力掩飾內心的慌亂。

「妳每個小週末都會來這裡喝悶酒，這在出版社裡已經不是祕密了。」亞黎從酒保手中接過啤酒，他一邊幫可宸倒酒，一邊說道：「妳不要生氣嘛，先聽聽看我今晚遇到的事情吧，妳一定會嚇一跳的。」

亞黎把他因為網咖裡留下的神祕記號而去找賴育誠，以及發現賴育誠倒在血泊中的事情告訴可宸，不過可宸全程都表現出一副興趣缺缺的樣子，她不想管亞黎的狩獵進度，只在乎他會不會拖稿。

「然後妳猜我在現場找到什麼？」亞黎把那份被鮮血沾到的舊報紙從背包裡拿出來，並指著被血沾到的地方說：「我猜的果然沒錯，那台販賣機背後的神祕力量正在不斷傳達訊息給我，網咖出現的神祕記號讓我找到了賴育誠，雖然他現在受傷被送去醫院了，不過沒關係，我們還有另一個名字可以追查。」

在那份沾到血的舊報紙上，血跡像是在上面做了一個特定的記號，不偏不倚地將報導中提到的一個名字浸濕了。

「這個叫張培斌的人是當年承辦夏娜筠命案的刑警，只要再去找他，一定會有其他收穫。」亞黎幹勁十足地說。

「那你去找他呀，來找我幹嘛？」可宸冷冷回道。

「當然是要請妳幫忙找人啊！」亞黎說：「妳曾經幫一名退休刑警編輯過分享心路歷程的書吧？算一算時間，那位刑警跟張培斌應該是同期的，妳可以幫我聯絡一下，看他有沒有張培斌的消息嗎？」

可宸陷入沉思，之後她拿出手機看了一下新聞，賴育誠被刺傷的事情已經被報導出來了。

「新聞出來了。」可宸把手機螢幕轉向亞黎，新聞快訊上寫著：「市政府新聞局旁停車場發現男子倒臥血泊中，警方已展開調查。」

「呃，所以？」亞黎不懂可宸為何要特地跟他說這個。

「你不覺得你被利用了嗎？」可宸說：「賴育誠是在你找過他之後才出事的，不管你說的那個販賣機背後的力量到底是什麼，那股力量似乎透過你在找跟那起命案有關的人，進而達成祂的目的。」

可宸一語道破，這道理亞黎又怎麼會沒想過呢？

「我知道，但我真的停不下來，妳這麼擔心的話就跟我一起去呀，妳一定也想知道真相，對不對？」亞黎說。

可宸又陷入短暫的沉默，她盯著吧檯後的冰箱，轉頭對亞黎問：「你剛剛說會幫我買單，對吧？」

「妳認識我這麼久了，為了狩獵怪談我什麼事都做得出來，就是不會說謊。」亞黎拍拍胸脯。

「好，我答應幫你，但前提是你不能擅自行動，我全程要緊跟著你。」可宸提出條件。

可宸之所以會妥協，並不是因為她真的想知道販賣機的真相，而是身為編輯的直覺正在告訴她，這次的案子非同小可，若放任亞黎胡亂調查下去，出版社跟她搞不好都會被亞黎拖下水。

「遵命，編輯大人！」亞黎馬上答應，並對可宸做出敬禮手勢。

「那你還在等什麼？」可宸用手碰了一下桌上的空酒杯。

「是，馬上幫妳倒酒！」

亞黎揮手叫來酒保，一口氣又開了兩瓶酒。

7

「先生，先生？先生！」

在三句語氣各異的叫喚後，張培斌才不甘心地放下手機，從櫃檯後面抬起頭來。

「幹嘛？」培斌面露凶光瞪著櫃檯前方的人，若不是對方的聲音讓他分心，他就不會在剛才的線上牌局中打錯牌而輸錢了。

一名年輕男子站在櫃檯前，冷冷地說了句：「領包裹。」

儘管培斌露出凶狠的表情，年輕男子卻沒有絲毫懼怕，他看著培斌的眼神裡帶著輕視及不屑，因為他知道眼前的中年人只是個徒有其表的紙老虎，要是培斌真的有本事就不會在這裡當社區保全了。

在線上牌局輸錢，又被年輕人看不起，培斌心裡氣歸氣，但工作還是要做的。

「哪一戶？」

年輕男子報上戶別後，培斌從包裹櫃中取出包裹，男子接過包裹後頭也不回地走進電梯，連一句謝謝都沒說。

害我輸錢還這麼沒大沒小，像這樣的年輕人，我以前還是警察的時候教訓過一大堆咧……培斌看著關上的電梯門，心裡不斷幹譙。

要是培斌現在還是警察，隨時有一堆手段能修理這些人，但他身上穿的已不是警察制服，而是保全公司的中山裝，加上現在警界的規矩變多，已經不能像以前那樣為所欲為了。

過去那段花天酒地、快意恩仇的日子，再也回不去了……

培斌深深嘆了一口氣後坐回櫃檯後面，拿起手機又加入一場新牌局。

*****

晚上七點，晚班保全來接班後，培斌來到社區外的人行道上點起香菸，視若無睹地抽了起來。

幾名剛回來的住戶嫌惡地瞪著培斌，社區規定禁止在公共場合抽菸，但培斌才懶得管這些，住戶有意見的話可以去跟公司投訴，大不了他再換一個社區上班，反正現在新房子越蓋越多，根本不愁沒工作。

菸抽到盡頭後，培斌把菸頭丟到地上踩熄，轉身準備回家，但他一轉身卻看到兩個人站在他面前，像是刻意來堵他似的。

對方由一男一女組成，女生很漂亮，很像綜藝節目上常見的小網紅，培斌忍不住多看了幾眼。男的就沒什麼特色了，穿得像個攝影師，一副工具人的模樣。

「張培斌先生嗎？」女生主動叫出培斌的名字，「我們是出版社的人，世恩哥說他有跟你約好了，現在方便嗎？」

「喔！」培斌在腦門上拍了一下，他差點就忘記這件事了：「世恩有打電話給我，你們就是他說的那個……作家跟編輯對吧？」

那一男一女正是可宸跟亞黎，可宸提到的「世恩哥」以前也是刑警，他退休後開始把從警的心路歷程整理成書，可宸正是他的責任編輯。

雙方之所以能牽上線，主要是因為世恩跟培斌曾經待過同一個單位，更一起辦過不少案子，只是兩人後來的發展大不相同，世恩順利退休成為作家，培斌則是捲入貪污醜聞而被革職，從風光的刑警變成基層保全。

「世恩說你們在調查二十二年前的那件案子，奇怪……那件案子是叫什麼名字來著？」培斌歪著頭努力回憶，以前當刑警時，他對記憶力是最有自信的，現在卻連自己昨天晚上吃什麼都想不起來了。

「夏娜筠命案。」可宸提醒道。

「對對對，那個女高中生的案子……」案件的細節在腦中被喚醒，培斌感覺自己的思緒彷彿回到了刑警時期，「我大概能猜到你們要問什麼，是跟那件事有關對吧？」

「真的嗎？你能猜到？」亞黎懷疑地問，他不太相信這個邋遢的保全能幫上忙。

「我還是有在看新聞的，昨天有個新聞局的員工在停車場被攻擊，受了重傷不是嗎？」培斌嘿嘿一笑，「那個人我認識，他以前是記者，夏娜筠的案子也是他報的，要我說的話，他是罪有應得啦！」

「等一下，為什麼你說他罪有應得？」可宸很快發問。

「小姐，我很樂意提供情報給你們，但這些情報可不是免費的。」培斌朝路口的便利商店撇了一下頭，說：「我們去那裡坐一下，我剛下班口很渴，先請我喝幾杯再說吧！」

培斌話剛說完，雙腳就開始朝便利商店前進了。

亞黎拉了一下可宸的衣角，低聲問：「看來這傢伙不好搞，妳身上的錢夠嗎？」

「你自己要寫這個題材的，當然是用你的錢。」可宸瞪了亞黎一眼。

兩人跟著培斌來到便利商店，亞黎到店裡買了一手啤酒後，三人在店外的露天座位坐下。

培斌本來以為可宸跟亞黎是美女作家跟工具人編輯的組合，直到聽完兩人的自我介紹，培斌才發現原來是顛倒的。

喀！喀！喀！三人各自打開手上的啤酒罐，培斌直接灌下一大口啤酒，亞黎跟可宸都只喝了一小口。

「那麼，張先生，我就直接問了。」可宸等培斌把啤酒完全嚥下去後，才問道：「那位受傷的記者，賴育誠……你是在當刑警的時候認識他的嗎？」

「嗯，反正我已經不是警察了，直接跟你們說也沒差，我以前常跟他合作，算是生意上的夥伴吧。」培斌的酒量驚人，他拿起啤酒又喝下一大口，等他手放下來時，整罐啤酒已經空了。

「生意上的夥伴？」可宸把她腦中浮現的第一個想法說出來：「你把警方的情報賣給他嗎？」

「不然呢？警察跟記者的合作不都是這樣嗎？」培斌又打開一罐啤酒，說：「那段時間啊，我從他那邊拿了不少錢，他也靠我寫出好幾版的頭條新聞，就各取所需吧。」

說到這裡，培斌突然臉色一沉，說：「不過夏娜筠命案發生的時候，我跟他都犯了不該犯的錯，我一時財迷心竅，他則是太急於立功了……」

可宸跟亞黎都嗅到了敏感話題的氣味，兩人一起默不作聲，讓培斌繼續說下去。

「那個時候夏娜筠的案子正在風頭上，每個記者都想從警方這裡挖到消息，賴育誠也是，他三不五時就打電話來煩我，報價的金額也越來越大，最後我把持不了，把警方鎖定魯桂民的消息賣給了他。」

培斌拿起剛開的啤酒喝下一口，然後發出啤酒廣告裡特有的哈氣聲，繼續說道：

「我那時警告過他，最好等我們找到更多證據後再把報導寫出來，結果他搶新聞搶到昏頭，隔天就把魯桂民的事情寫出來了。」

「但是警察會鎖定魯桂民，不就是因為你們手上已經有證據了嗎？」可宸問。

「當時唯一的證據就是那台車，夏娜筠被發現死在魯桂民的車上，所以我們才把他當成嫌疑犯，沒想到賴育誠在報導裡把魯桂民寫得十惡不赦，還幫警察虛構出一堆假證據，搞得好像是他在幫我們破案一樣。」

培斌把空啤酒罐重重地砸到桌上，說：「報導刊出去後，整個社會都在質疑我們，既然已經抓到人了，為何還不快點宣布破案？上面的狗官更跑到我的座位來汪汪叫，說什麼不是有一個嫌疑犯了嗎？看缺什麼證據快點搞出來，就算他是無辜的也要把他定罪，因為這是整個社會想看到的，他們只想看到犯人被懲罰，誰會去管我們承受的壓力啊？」

「等一下，你的意思是說，魯桂民可能不是兇手嗎？」亞黎終於按捺不住了。

「大概吧，反正後來的破案記者會、還有發給記者的新聞稿，很多都不是真的了，但管他的，因為社會大眾只想看到魯桂民被槍斃嘛。」

「也就是說，魯桂民是因為一篇錯誤的報導而被槍決的嗎？」

這是可宸跟亞黎都沒有預料到的發展，如果魯桂民不是兇手，那又是誰殺害了夏娜筠？這跟那台神祕的報紙販賣機有關係嗎？

看到兩人沉重的表情，培斌哈哈一笑：「這案子你們不知道的還很多呢！例如，大家都以為夏娜筠是單純的女學生，只是運氣不好才會被殺，只能說全部的人都被騙了，那女孩搞不好才是整起案件中最可怕的存在。」

又一個爆炸力十足的情報，亞黎幾乎要跳起來了：「快跟我說那女孩的事情！」

培斌搖了一下頭，臉上露出奸巧的笑容說：「免費的情報到此為止，你們想知道更多的話，我可以把我當年查案的資料夾賣給你們，所有詳細的檔案都在裡面，你們覺得如何？」

「二十二年前的資料你還留著？」

「販賣情報是我的另一門生意，我經手過的每件案子都會在家裡留一份備份，而你們這樣的人就是我的客戶。」培斌得意表示，而他不敢說的是，他當年就是因為販賣情報才被革職的。

「我家就在附近，只要兩位點頭，我們可以一起過去，我當面把資料夾交給兩位，價錢可以再商量。」培斌興奮地搓著雙手，他已經很久沒有這種愉悅感了。

亞黎跟可宸短暫交換眼神，很快取得了共識。

無論如何都要把資料夾買過來，如果培斌說的是實話，那這件事已經不是怪談這麼簡單，而是一起震撼全國的冤案。

雖然有了共識，但兩人卻各有各的想法。

亞黎腦中構思的，是如何透過怪談故事寫出真相，他只想專注在這一點上。

可宸在乎的則是如何包裝銷售這本書，要是他們能成功顛覆案情，這本書絕對會賣到翻掉。

8

提著沒喝完的啤酒，亞黎跟可宸並肩走在一起，培斌則走在最前面帶路，三人準備一起回到培斌的住處去取資料。

路上，亞黎心癢難耐地問：「張大哥，可以再問你一個問題嗎？」

「要看你問的是什麼，如果是珍貴的情報，我要先收錢才能回答。」培斌頭也不回地答道。

「雖然你說賴育誠是罪有應得，但你都不會好奇是誰攻擊他的嗎？」

「沒什麼好好奇的，像我們這樣的人，本來就該做好覺悟。」培斌放慢了腳步，說：「記者跟警察一樣都是危險的職業，工作上難免會結仇，要是哪天突然有人找我尋仇，我一點也不會意外。」

培斌的語氣中除了無奈，還有一種豁然的覺悟，長久的警察生涯讓他知道人生有多無常，人只要活著，死亡也不過是一瞬間的事而已。

「我家到了。」

培斌在一棟舊公寓前停下腳步，他轉頭對兩人說：「我家很亂，就不招待兩位上去坐了，我等一下會上去拿資料，等我下來的時候……嘿，希望能一手交錢一手交貨。」

「多少？」可宸問。

培斌雙手五指張開，比了個十。

「等一下，這是十萬的意思嗎？」

培斌雙手維持不動，笑著點了點頭。

「這有點超出預算，我們必須討論一下……」可宸面露難色地看向亞黎，亞黎則是雙手一攤，表示他身上也沒這麼多錢。

「不然這樣吧，趁我上去拿資料的時候，你們可以想辦法湊一下錢，反正提款機就在旁邊，很方便。」

培斌說完就走進舊公寓裡，留下可宸跟亞黎在原地討論。

「出版社不是都有經費？妳沒辦法領出來嗎？」亞黎先問。

「十萬的經費怎麼可能說領就領啊，你上本書的版稅不是賺很多嗎？十萬對你這種大作家來說是零頭而已吧？」

「妳都當多久的編輯了，怎麼還會有作家很有錢這種迷思咧？我們比編輯還窮耶！」

兩人站在樓下，互不相讓地鬥起嘴來。

******

回到位於五樓的住處後，培斌打開窗戶探頭看了一下，剛好看到可宸跟亞黎在互相鬥嘴。

五樓的高度讓他可以清楚看見兩人的互動，看來討論得很激烈呢……培斌滿意地點點頭，十萬其實只是開價，要是他們開口殺價，就算只有兩三萬，培斌也很樂意把資料賣出去。若是以前，他絕不會用這樣的價格販賣情報，但對現在的他來說，兩三萬就是一筆不小的費用了。

培斌從床底下拉出一個笨重的行李箱，裡面裝著他當刑警以來經手過的所有案件資料，不管是大刑案或小竊案，他都會把資料備份起來，為的就是這一天，他知道總有一天會有人為了這些情報找上門來的。

從行李箱裡找出夏娜筠命案的資料夾後，培斌重新把行李箱蓋上並推回床底下，然後拿著資料夾走出房間，準備去樓下完成交易。

就在他走出房間的那一刻，一道不自然的光芒突然出現在眼前，培斌在毫無防備的情況下用手遮住雙眼。

解謎前・請投幣

培斌無法理解這道光芒是怎麼回事，因為不想花錢換燈泡的關係，他家裡的每道光源都是昏暗的，不可能有這樣的亮光。

等眼睛適應亮度、那道亮光也逐漸減弱後，培斌才慢慢把手放下，並看清楚那道光芒來自何處。

培斌不敢相信自己的眼睛，因為眼前本該是玄關的地方，竟然出現一台自動販賣機直接擋在門口前面。

家裡竟然憑空出現一台販賣機，光是這點就令人難以置信了，而且那還不是普通的販賣機，而是一台報紙販賣機，這種販賣機在培斌小時候還很常見，但現在幾乎已完全絕跡了。

培斌還沒從震驚中恢復過來，看到擺在販賣機裡的報紙後，毛骨悚然的恐懼感馬上蓋過了他的全身。

販賣機裡的六份報紙，頭版新聞全都一模一樣，上面除了夏娜筠命案的報導外，還印著魯桂民的大頭照。

培斌認得這份報紙，因為那正是他二十二年前把魯桂民的情報賣給賴育誠後，賴育誠在隔天就寫出來的頭版新聞，那張大頭照就是他提供給賴育誠的。

「你……一直……我……」

培斌聽到有人在說話的聲音，是從自動販賣機裡傳出來的。

「你一直都知道……我是……」

說話的不是別人，正是頭版上的魯桂民大頭照，六份報紙上的魯桂民同時開口講話，形成回音般的聲場。

不只如此，大頭照裡的魯桂民都像是活過來一樣，他們用哀怨憎恨的眼神瞪著培斌，並不斷發出詛咒般的低語。

培斌知道魯桂民在說什麼，因為二十二年前在偵訊室裡面，這句話他已經聽魯桂民說了不下一百遍，但他一次都沒有聽進去。

「你一直都知道我是無辜的……」魯桂民的照片在販賣機裡不斷重複著。

「我知道……我知道！我知道了！」培斌用手摀住耳朵，但完全無法抵擋魯桂民的聲音進入他的腦海。

販賣機傳來運轉的聲音，報紙陸續被往前推，一份接一份掉下出貨口，魯桂民的聲音越來越多。

「你一直都知道我是無辜的。」「你一直都知道我是無辜的。」「你一直都知道我是無辜的。」「你一直都知道我是無辜的。」

魯桂民的聲音逐漸變得尖銳，每一句話、每一個字都像針刺般扎在培斌的腦細胞上，感覺就像有一雙大手正擠壓他的腦袋，不把他的腦漿從耳中擠出來絕不罷休。

販賣機表面的玻璃開始出現裂痕，明顯也受到了聲音的影響。

當整片玻璃全部破碎開來時，培斌感覺自己的腦袋也跟玻璃一起炸開來，眼前所見的一切全都變得支離破碎了。

******

「不然等一下跟他殺價看看吧，砍到五萬以下的話我就先出錢，妳再叫出版社把經費補給我就好。」

「一次就砍半價，你以為是在菜市場買菜啊？」

「為什麼不行？妳們女生不是很會殺價嗎？」

亞黎跟可宸仍在一樓你來我往彼此交鋒，誰也不讓誰。

終於，亞黎在鬥嘴中逐漸取得優勢，眼看就要獲勝之際，兩人頭頂上突然傳出像是玻璃破碎的「啪啦」一聲。

兩人抬頭往上看，只見一個人影伴隨著玻璃碎片一起從空中落下，人影墜落到離兩人僅有幾公尺的地面上，發出沉悶的撞擊聲。

亞黎跟可宸停止了鬥嘴，兩人一起瞪大眼睛看著躺在地上的人影，那不是別人，正是不久前才跟他們待在一起的培斌。

「哇靠，怎麼會搞成這樣？」

兩人來到培斌身邊，只見他四肢有部分的骨頭已經從皮膚中穿刺出來，嘴巴裡也吐出鮮血，傷得非常重，但胸口仍有呼吸。

打電話叫救護車後，亞黎才注意到培斌懷裡抱著其他東西，就算雙手都摔到骨折了，他仍將這些東西抱得緊緊的……

輕輕將培斌的手移開後，可以看到那是一本資料夾以及一份報紙，雖然報紙頭版已經被培斌的血遮住一大半，但還是能看出那是一份二十二年前的舊報紙，兇手魯桂民的照片就印在上面。

為什麼培斌會有這份舊報紙？難道說……

亞黎凝視著培斌的雙眼，問：「張大哥，是那台販賣機嗎……它出現在你家？」

培斌仍勉強維持著自己的意識，他點了一下頭，然後用盡全身僅存的力氣想把資料夾推給亞黎，他的嘴唇微微顫動，似乎想說些什麼。

亞黎跟可宸一起把耳朵湊近，他們都聽到了培斌微弱的氣音：「裡面……真兇就藏在裡面……」

亞黎看向資料夾上的標籤。

上面寫著：二〇〇〇年，夏娜筠命案。

人行道上站滿了圍觀的群眾，一聽到救護車的聲音後，每個人都從家裡跑出來看熱鬧了。

亞黎跟可宸也混在人群當中一起看著培斌被送上救護車，培斌的傷勢很重，但應該沒有生命危險，因為直到被送上救護車的最後一刻，他都能持續跟醫護人員對話，雖然他口中只剩微弱的氣音，但還有意識就是好事。

救護車開走後，眼看沒什麼熱鬧好看了，圍觀的民眾開始陸續回家，但亞黎跟可宸仍留在原地。

培斌的血跡仍留在地面上，看起來怵目驚心，現場只剩幾名警察在大樓裡進出調查，因為案發時房間裡只有培斌一個人，這件事應該會被當成意外結案，除非培斌跟警方說出實情，但亞黎知道他不會這麼做的，因為培斌知道這是他自己該得的報應。

至於培斌最後想交給亞黎的資料夾，則是已經被亞黎收到背包裡，透過背上傳來的重量，亞黎確實感受到了資料夾的存在。

二十二年前，跟夏娜筠命案有關的所有資料就在裡面。

等圍觀的民眾都走得差不多後，可宸突然問道：「連續兩個人都這樣，這已經不能算是巧合了吧？」

「妳是指賴育誠跟張培斌遇到的事情嗎？」亞黎看著地面上的血跡說。

可宸點了一下頭，說：「從你在網咖發現報紙上的神祕記號開始，我們只要循著線索去找到跟案情有關的人，那個人就會受傷，而且他們身邊都有二十二年前的舊報紙，代表他們出事前那台販賣機曾經出現過，我們就像被那台販賣機牽著鼻子走一樣……」

「我覺得用『懲罰』會比較適當，」亞黎說：「賴育誠跟張培斌在二十二年前都做了不該做的事，而他們的所作所為可能害了一個無辜的人，說不定那台販賣機就是魯桂民的化身……」

「化身成販賣機？」可宸有點懷疑。

「我知道聽起來很奇怪，但那台販賣機是在魯桂民被槍決後才出現的，兩者之間一定有關係，或許魯桂民想引導我們找到真兇，同時懲罰那些二十二年前陷害他入罪的人。」

亞黎說到一半，他突然想起了在網咖裡看到的水藍色身影，那明顯是夏娜筠的高中水手服，難道夏娜筠也想幫助魯桂民，讓別人找到殺害自己的真凶嗎？

「所以你覺得夏娜筠命案真的是冤案嗎？」可宸的語氣仍帶著質疑，亞黎瞭解可宸的個性，她在證據確鑿之前是不會亂下定論的。

「這點就要靠我們繼續去查證了。」亞黎回應，不過他心裡暗自希望這真的是一起冤案，一來這樣故事寫出來才會精采，二來他才有動力繼續狩獵下去。

亞黎用背部頂了一下背包，說：「我們先找地方看一下培斌的資料夾吧，我一直很在意他講過的一句話。」

「那女孩搞不好才是整起案件中最可怕的存在……你是指這句話吧？」

亞黎點點頭，當他聽到培斌講出這句話時，這句話就一直卡在他的腦袋裡。

因為夏娜筠被殺害時還未成年，媒體在報導上也會自主收斂，除了姓名跟就讀學校之外，媒體沒有揭露夏娜筠的其他私人資料，社會大眾也把她當成普通的高中少女，但培斌說的話卻可能顛覆這一點。

在那本資料夾裡，究竟藏著什麼祕密？

******

這個時間可宸常去的酒吧剛好開門，兩人選了包廂的位置，點了啤酒跟小菜後，兩人面對面在包廂裡坐下。

亞黎將資料夾從背包裡拿出來，小心慎重地放在桌子中間。

培斌在資料夾的每一頁都貼了標籤，除了夏娜筠跟魯桂民的資料外，還有案發現場、證物跟相關證詞的標籤，查閱起來相當方便。

亞黎本來想直接翻到夏娜筠的那一頁，但當他把手放到資料夾上時，亞黎突然發現其中一個標籤特別不一樣，其他標籤都是普通的白色標籤紙，那張標籤卻是有點模糊的紅色，就跟鮮血一樣。

可宸看亞黎突然停住不動，便問：「怎麼了？你在等什麼？」

亞黎撇了一下頭，朝可宸示意道：「妳看那張標籤。」

可宸很快注意到那張紅色的標籤紙，她皺起眉頭問：「那是血嗎？」

「沒錯，應該是培斌墜樓的時候噴到的。」亞黎說：「妳不覺得奇怪嗎？培斌當時流了這麼多血，整本資料夾竟然只有這張標籤被血浸紅，像是有人刻意留下來的一樣……」

「你該不會想說，這就跟你在網咖遇到的一樣，也是一種記號？」

「我是這麼想的沒錯，」亞黎抬起頭來看著可宸，問：「如果可以的話，我想先看紅色標籤的這一頁，可以嗎？」

可宸聳了一下肩膀表示沒意見後，亞黎便將紅色標籤那一頁翻開來。

出現在兩人眼前的，是一名叫「王博盈」的證人資料，資料上顯示他是夏娜筠的同班同學。

培斌當年調查案件時，一定有去找夏娜筠的同學跟老師問過話，他們的證詞主要是協助辦案用的，能讓警方瞭解夏娜筠的人際關係，例如有沒有被人糾纏、或是跟人結仇等等。

王博盈的證詞對警方來說一定很重要，因為培斌不只幫他做了標籤，還有專屬於他的一份資料。

亞黎把資料從封套裡拿出來，放到桌上跟可宸一起看完後，兩人總算知道王博盈的資料為何如此重要了，因為魯桂民之所以會被定罪，王博盈的證詞是最關鍵的因素。

王博盈的證詞指出，案發當晚，他曾經在學校附近的道路上看到夏娜筠坐在一個陌生人的車上，他留意了那台車的型號跟車牌，都跟魯桂民的車相符。

這句關鍵的證詞終於讓警方可以將魯桂民定罪，藉此平息憤怒的社會大眾。

亞黎把王博盈的資料反覆看了好幾遍，他本來以為是培斌為了破案而說服王博盈做偽證，畢竟對方只是學生，給一點好處就能讓他聽話了。

但從培斌留下的資料來看，證詞並沒有動過手腳的痕跡，代表那天晚上夏娜筠真的坐上了魯桂民的車嗎？

可宸看著亞黎反覆翻閱資料的樣子，說：「你在懷疑證詞的真假嗎？」

「妳想想看，被做記號的標籤剛好就是最關鍵的證詞，我不覺得這是巧合，一定有蹊蹺。」

亞黎翻回王博盈資料的第一頁，上面留有王博盈的照片跟地址。

「看來有必要去拜訪一下這位王博盈，希望他還沒搬家。」

「不要忘了賴育誠跟張培斌的下場，如果我們去找這個人，他可能也會有危險。」

「如果他真的出事，那我相信他在二十二年前一定也做了不該做的事，他只是得到應有的處罰而已。」亞黎肯定地說：「每個怪談都有自己的運作邏輯，而我們現在面對的這件事，它的邏輯已經很清楚了，就是這樣。」

可宸嘆了一口氣，她知道自己不可能在這點上說服亞黎，於是換了個話題問：「現在可以看夏娜筠的資料了嗎？」

當然，亞黎沒有忘記一開始的目的，他在書籤中找到夏娜筠的那一頁，然後翻了開來閱讀。

很快的，亞黎跟可宸即將知道，這名遇害的普通少女，其實一點都不普通。

10

隔天一大早，亞黎跟可宸來到了市區中心的一座大型捷運站。

培斌的資料顯示，王博盈的家就在這座捷運站附近，前提是他這二十二年來都沒搬家的話。

現在正是上班的高峰時間，捷運車廂裡擠了不少人，多數都是穿著西裝跟套裝的上班族，上班族特有的怨氣跟殺氣瀰漫在車廂裡，讓車廂裡的空氣變得格外沉重。

解謎前·請投幣

捷運到站後，上班族們從車廂中蜂擁而出，亞黎跟可宸也擠在人群裡，對不常搭捷運的亞黎來說，這根本是難以想像的酷刑。

捷運站位於地下，必須搭電扶梯才能回到地面，可宸跟在龐大的上班族隊伍後面，打算跟他們一起搭電扶梯，卻被亞黎一把拉住：「喂……我們等一下再上去吧。」

可宸困惑地轉頭看向亞黎，只見亞黎一副喘不過氣來的樣子，說：「等人少一點再上去吧……我們又不趕時間，沒必要去跟他們擠啦。」

可宸會過意來，看來剛剛的捷運之旅已經把亞黎的力氣耗盡了，對不習慣搭捷運的人來說，尖峰時段的捷運就跟戰場一樣，一般人的身心靈根本無法負荷。

「好吧，我們原地休息一下，等人少一點再走。」可宸說。

但亞黎還休息不到兩分鐘，下一班捷運到站的音樂就傳了出來，眼看下一波上班的人潮就要湧出，可宸趕緊推著亞黎往電扶梯走。

「呼，活下來了。」搭上電扶梯後，亞黎壓著胸口說：「我曾經為了調查山村怪談而爬了三天三夜的山，但在捷運車廂裡跟其他人擠來擠去，一個小時我就受不了了，還好我不是上班族……」

亞黎說到一半，他突然發現可宸的樣子不太對勁，可宸抬起頭看著電扶梯上方，緊皺的眉頭中帶著厭惡跟憎恨，通常只有在亞黎趕不出稿子的時候，可宸才會露出這樣的眼神。

「喂，妳怎麼啦？」亞黎提心吊膽地問。

可宸的眼神聚焦在電扶梯前方，說：「你看不出來嗎？那個人正在偷拍前面女生的裙底。」

亞黎順著可宸的眼神往前看，發現有兩個人一前一後地站在他們前方五公尺的位置上，站前面的是一名穿著短裙跟絲襪的女上班族，她後面則站著一名穿著普通的男子。

一般來說，搭電扶梯的時候都會跟前面的陌生人保持一到兩階的距離來避免尷尬跟誤會，男子雖然跟前面的女上班族隔了一階，但他的手卻不自然地往前傾、同時把手上的電腦包偷偷探到女子的裙底下，一張臉更是神經兮兮地到處張望，他越想佯裝自然，看起來就越可疑。

「真的耶。」亞黎壓低聲音說：「妳真厲害，一眼就發現他在偷拍。」

「這種人我遇過好幾次，看臉就知道他心術不正了。」可宸說：「而且，你不覺得那男的長得很像我們要找的人嗎？」

聽到可宸這樣說，亞黎馬上拿出培斌的資料夾，把偷拍男子的長相跟王博盈的照片做比對，果然發現男子的臉孔輪廓跟王博盈一模一樣，雖然他手上只有王博盈高中時的照片，但男性的長相通常不會變太多。二十二年過去，王博盈現在差不多三十八歲，年齡跟樣貌都對上了，絕對錯不了。

「沒想到我們還沒找到他家，他就自己送上門來了。」

亞黎把資料夾收回背包裡，跟可宸交換過眼神後，兩人同時點了一下頭，他們都知道接下來該怎麼做。

電扶梯運行到一樓後，女上班族轉向右側，朝前方的商業大樓走去，男子則是朝左邊走，他加快了腳步，應該是想快點找地方確認自己的戰利品吧。

亞黎跟可宸先一步抄到男子前方，兩人一左一右擋在他面前，一般人看到有陌生人擋住去路，雖然會被嚇到，但很快就會選擇繞過去，男子卻因為作賊心虛而做出了相反的行為，他停下腳步，畏畏縮縮的表情就像被逮個正著的小偷。

「嗨，」亞黎語氣輕鬆地打了個招呼，然後瞄向男子手上提的電腦包：「可以讓我們看一下裡面裝了什麼嗎？」

「憑、憑什麼？你們是誰？」男子將電腦包緊抱在懷裡，慌張地說：「你們是警察嗎？先把證件給我看啊！」

亞黎忍不住笑了出來，在犯罪的人眼裡，其他人都是要來抓他的，這句話真是一點都沒錯。

「先不要激動，我們雖然不是警察，但你只要乖乖照我們的話做，我們就不會報警。」可宸說：「王博盈先生，你覺得這提議怎麼樣呢？」

聽到可宸說出自己的名字，男子臉上的驚恐又往上升了一級：「你……你們怎麼知道我的名字？」

「等一下再跟你解釋，我們先找個安靜的地方好好聊聊吧。」亞黎收起笑臉，嚴肅地說：「相信我，你會需要我們幫忙的，現在的你只要一落單，就可能會遇到危險。」

博盈的頭腦一時轉不過來，趁他現在沒有防備，亞黎迅速伸手把博盈懷裡的電腦包搶過去，並把拉鍊拉開，只見裡面果然有一台針孔攝影機。

「我勸你還是配合吧，要是我們現在叫警察來，場面會很難看喔。」

博盈一臉絕望，最後無力地點了點頭。

******

三人坐電扶梯下樓回到捷運站，並一起走進逃生梯間，這裡是目前唯一不會有人來打擾的地方。

進入逃生梯間後，亞黎跟可宸一起用身體把逃生梯門口擋住，以防博盈突然逃跑。

「你放心，我們不是來敲詐的，只想請教你一些問題。」可宸直接表明來意，說：「是跟二十二年前，夏娜筠命案有關的問題。」

關鍵字出來後，博盈大吃一驚的表情，像是他完全沒想到這輩子竟然還會再聽到這個名字。

「你還記得夏娜筠吧？你的高中同學。」亞黎進一步追擊，說：「你應該忘不了她，畢竟你以前喜歡過她，不是嗎？」

「咦？為什麼你會……」博盈的表情從驚訝變成懷疑人生。

在培斌當年跟夏娜筠同學的訪談資料中，有幾個多嘴的同學透露出一些有趣的消息，夏娜筠在班上雖然是很普通的女孩，但還是有幾個男同學喜歡她，王博盈就是其中之一。

亞黎繼續問：「既然你喜歡過她，那你一定很瞭解她囉？」

「這個……」博盈低下頭來，不讓亞黎看到他的表情。

「別裝了，我也是男生，所以我懂的，青春期的男生都會偷偷觀察喜歡的女生，打聽跟她有關的一切，誇張一點的還會跟著她回家，希望能在路上保護她……你的樣子一看就是做過這種事的人，對吧？」

博盈繼續低著頭，看起來是默認了。

「請你把你知道的，關於夏娜筠的一切告訴我們。」可宸說。

培斌的資料夾裡雖然有案情的詳細資料，但夏娜筠跟魯桂民兩人的資料有部分的頁數對不起來，顯然是被培斌抽走了，他擅自修改了調查資料。

為什麼培斌要這麼做？原因很簡單，因為社會大眾跟警察高層想要看到的，就是變態殺人犯殺害清純女高中生，然後被判處死刑的劇本，所有會影響到劇本的變數都要排除。

培斌從資料裡拿走的東西一定非常重要，重要到一旦曝光，這件案子就會澈底翻轉……

但培斌忽略了一個地方，就是夏娜筠家裡的經濟情況，或許他認為這點不會影響到案情，所以原封不動地留在資料裡。

夏娜筠是單親家庭，家裡除了她之外，還有一名從事貨車司機的父親，夏娜筠的父親在訪談資料中的話很少，他說夏娜筠真的是很乖的女兒，也希望兇手早日被制裁。

可疑的地方在於，夏娜筠的個人帳戶裡竟然有一百多萬的現金，這不是一個女高中生該有的存款，而夏娜筠父親完全沒有提到這筆錢的事情，就算是零用錢，金額也大到太誇張了。

培斌說的沒錯，夏娜筠並不是普通的高中生，她身上隱藏著無法告訴別人的祕密。

現在，透過博盈的嘴巴，亞黎跟可宸終於知道了答案。

******

「特種行業？」

儘管已經有了預感，但聽到博盈口中說出來的答案後，亞黎還是想再確認一遍：

「特種行業有分很多種，你要說清楚喔！」

「是真的，而且不只娜筠，還有我們班上的另一個女生。」

博盈抬起頭來，他的眼神帶著澈底心碎的哀傷。

「我也不想相信，但我真的看到了，是我假日在逛街的時候看到的……」

11

「那天假日，我在街上看到娜筠跟另一個女生走進一間ＫＴＶ，她們兩個平時在班上根本沒有交流，現在卻走在一起，而且她們身上穿的衣服是很暴露的那種，二十二年前根本沒有女學生會穿成那樣。」

博盈說出他當時看到的畫面，但光憑這樣就斷定夏娜筠在從事特種行業，可能太過武斷了。

「你有沒有想過，她們可能只是相約去唱歌而已？」可宸問。

「我一開始也這麼希望，但是……」博盈垂下頭，回憶著那令人心碎的畫面：「為了證實我的想法是錯的，我那天一直在KTV門口等候，當我看到娜筠出來時，她竟然是被其他男生扶出來的，不是班上的其他男生，而是陌生的成年男人，那些男人不斷對娜筠上下其手，另一個女生還跟那些男人嘻笑打鬧，一起幫忙把娜筠扶到車上。」

亞黎跟可宸的表情越來越沉重，他們本來以為夏娜筠就算從事特種行業，應該也只是普通的傳播妹，傳播妹的工作內容通常是去KTV陪客人喝酒聊天、負責炒熱氣氛，不會跟客人一起回去或有親密接觸，除非夏娜筠的工作內容沒有這麼簡單。

「隔天，娜筠像沒事一樣去學校上課，另一個女生也是，她們當時明明還手牽手一起去KTV的，在班上卻跟陌生人一樣假裝不認識，唯一發現這個祕密的只有我，我不敢去問她們，感覺只要我問了，就會遭到可怕的報復……」

「關於這件事，你有跟警察說嗎？」

「當然有，那個刑警還很認真地把我說的話都抄起來了！」

亞黎跟可宸交換了一下眼神，博盈的這些證詞並沒有出現在培斌的調查資料裡，顯然是被培斌抽走了，因為警方高層想讓社會大眾認為死者只是普通的高中女生，若牽扯到特種行業，只會讓案情更複雜而已。

「好奇問一下，知道夏娜筠的祕密後，你還是喜歡她嗎？」亞黎問。

博盈毫不遲疑地說：「當然了，娜筠本來就不是那樣的女生，她一定是被另一個女生帶壞的，那個女生在班上總是一副痞痞的樣子，還勾引過班上好幾個男生，她就是這一切的亂源啦！」

「可以跟我們說那個女生是誰嗎？」

博盈說出了「姚月珊」這個名字，亞黎在培斌的調查資料裡看過這個名字，但她的證詞沒有特別之處，只說她跟夏娜筠是普通的同學，看來姚月珊並沒有跟培斌說實話。

「你知道姚月珊現在在哪裡嗎？」

「她啊，你們要找她的話很簡單，晚上的時候打開社群軟體就能找到她了。」博盈拿出手機，點出一個直播拍賣的粉絲專頁，正是姚月珊所經營的。

看來姚月珊出社會後妥善利用了她的美貌跟社交能力，現在是小有名氣的直播拍賣主，各種東西都賣，每天晚上固定開播。

亞黎把姚月珊的粉絲專頁存在手機裡後，博盈突然伸手過來想把裝有針孔攝影機的電腦包拿回去，亞黎趕緊往後退了一步，這才沒讓他得逞。

博盈吞了一口唾液，盯著電腦包說：「你們該問的都問完了吧，東西可以還我了嗎？」

「只剩一個問題了，」亞黎直視著博盈的眼睛，說：「我們想跟你聊一下最關鍵的證詞。」

博盈突然劇烈地打了個冷顫，因為他現在終於知道，亞黎跟可宸真正想要的是什麼了。

「你跟警察作證說，夏娜筠被殺害的那天晚上，你曾經看到夏娜筠坐在魯桂民的車上，但其實只要想一下就能知道，『坐在他的車上』跟『被他殺死』其實是兩回事，我們想要確認的是，你確定開車的人真的是魯桂民嗎？」

亞黎的意思很簡單，假如博盈的證詞是真的，夏娜筠那天晚上真的坐上了魯桂民的車，但開車的有沒有可能是連警方都沒掌握到的神祕人物？而那個人才是真正的兇手。

一聽到魯桂民的名字，博盈身上的氣場就變了，他的雙眼變得銳利且充滿殺氣，雙拳也緊緊握在一起，濃厚的妒意從他口中吐出：「那個男人……你們不要提到他的名字……他本來就該死了……」

可宸很快察覺到不對勁，為什麼博盈對魯桂民的恨意中會有強烈的嫉妒感？難道說他……

突然，亞黎跟可宸身後的逃生梯門口被推開了，兩人同時轉過頭去看，發現是一名清潔人員推著推車想要進來。

就在兩人轉頭的空檔，博盈又朝自己的電腦包展開了攻勢，但他這次瞄準的不是電腦包，而是裡面的針孔攝影機。

亞黎還沒反應過來，博盈已經把攝影機從電腦包裡拿走，並從門縫中一溜煙鑽出去、朝著捷運的驗票閘門跑去。

「快點追！」亞黎跟可宸趕緊跟在博盈後面，但博盈跑步的速度比想像中還快，短短幾秒的時間內，他已經通過驗票閘門、來到月台，跳上一班即將發車的捷運了。

亞黎追到月台上時，捷運已經發出即將關門的警示音，再不跳上去就來不及了，但可宸卻還沒追上來。

危急時刻，亞黎沒有猶豫的時間，他縱身一躍、跳進最後一節車廂，車廂門在同時間關閉，還差點夾到他的衣服。

捷運上其他乘客都傻眼地看著亞黎，他們心裡應該都想著：「趕車趕成這樣，瘋了嗎？」

重新站穩腳步後，亞黎看向車外，剛好跟追到月台的可宸對上眼。

可宸不甘心地看著即將發動的捷運，接著用右手拇指在自己喉嚨上劃了一下，對亞黎比出割喉的動作。

亞黎知道這個動作代表的意思，可宸是在對他說：「追不到就別回來了。」

******

「呼……應該把他們甩掉了吧？」

博盈把針孔攝影機收到口袋裡，挺直腰桿大口呼吸，對不擅長運動的他來說，剛才那段路幾乎要了他的半條命。

呼吸平穩下來後，博盈轉頭觀察捷運上的情況，沒有看到剛才那兩個人的身影，但現在安心還太早，他們有可能跳上最後幾節車廂，現在正從後面追過來也不一定。

博盈移動腳步開始往前走，他打算往前面的車廂移動，藉此來爭取時間，到下一站後馬上再逃出去。

但就在博盈進入下一節車廂的時候，他前進的腳步突然停了下來，因為他看到了，一個原本不該出現在捷運裡的東西，現在就在他的眼前。

那是一台自動販賣機，博盈曾經在高鐵上看過飲料的販賣機，但捷運是禁止飲食的，為什麼車廂裡會設置販賣機？

博盈定神一看，發現那不是常見的飲料販賣機，而是一台已經絕跡的報紙販賣機。

而那些報紙的頭版，竟然是二十二年前，魯桂民被判處死刑的新聞。

看著一篇比一篇聳動的頭版標題，博盈身上的每個毛細孔都被恐懼填滿，心臟急速跳動的頻率就像在警告博盈，該來的還是會來，他逃不掉的。

更詭異的是其他乘客的反應，車廂裡明明出現了一個不尋常的東西，他們卻像是完全看不到似的，繼續滑手機或低頭睡覺，難道只有自己能看到這台販賣機？

突然，車廂裡的燈光一陣閃爍，熄滅了，只剩販賣機的燈光還亮著。

不只如此，其他乘客也跟著一起消失了，車廂裡只剩博盈一個人。

下一秒，販賣機的燈光逐漸變得血紅，報紙頭版上的文字開始變形，它們不再是排版好的字體，而是像怪物般張牙舞爪，準備從販賣機裡伸出來抓住博盈。

博盈拔腿往前面的車廂跑，但每節車廂都變成了博盈無法想像的畫面，原本應該是座位的地方，全都變成了一台一台的報紙販賣機。

博盈不敢去看那些販賣機，只能不斷往前跑。

跑到第一節車廂後，博盈終於停下了腳步，他知道這裡就是終點了。

第一節車廂裡只有一台販賣機，它被放在車廂中央，似乎就是在等待博盈的到來。

販賣機裡的六份頭版不再是死刑的聳動報導，而是六張不同的圖案，圖案在販賣機裡拼湊成一個上半身的背影，博盈認得那背影的形狀，因為就算到了現在，他還是會在夢裡見到她。

「娜筠……」博盈將恐懼拋到腦後，朝著販賣機裡的人影走去。

夏娜筠從販賣機裡轉過身來，用哀傷的眼神看向博盈。

在博盈的記憶中，這是他第一次跟夏娜筠面對面相處，儘管高中時每天都能見到彼此，但博盈只是默默喜歡著對方，兩人完全沒講過話，博盈甚至懷疑，娜筠究竟知不知道班上有他的存在……

而現在，夏娜筠終於開口跟博盈說了第一句話，那是一句飽含著悲傷、且無法原諒對方的話語。

「為什麼說謊？」

這句話將博盈的心理防線徹底擊碎，二十二年前說出的謊言，終於到了該贖罪的時候了。

「對不起……都是那個男的錯……誰叫他要把妳搶走，還對妳做出了那樣可怕的事情……」

博盈來到販賣機前方，此時此刻，他跟夏娜筠之間只隔著販賣機的一層玻璃。

「但我沒有做錯吧？是我的證詞讓警察抓到了他，讓他得到了制裁，我做的沒錯對不對？」

解謎前・請投幣

博盈想從夏娜筠口中聽到一句認可的話，一句就好了。

雖然他當時作了偽證，但他讓警察成功抓到那個男的了，那個男的就是兇手，博盈二十二年來一直這樣相信著。

但夏娜筠卻搖頭了，她的搖頭讓博盈一直以來的認知澈底破碎。

為什麼？為什麼要否定自己？難道說……

「難道那個男的……他不是兇手嗎？」販賣機發出的血紅色光芒讓博盈的視線產生模糊。

耳邊傳來劈啪的破裂聲，販賣機表面的玻璃開始出現裂痕，夏娜筠的手同時從販賣機裡伸出來，她用掌心一把將博盈的五官蓋住，破碎的玻璃片也跟著噴飛射到博盈臉上。

博盈眼前一片鮮紅，但他已經無法分辨，眼前看到的究竟是娜筠的掌心，還是自己的鮮血了……

亞黎循著乘客的尖叫聲趕到第一節車廂時，只見博盈趴倒在地上，鮮血從他的臉部淌流至地上，紅色的血液在整潔光亮的車廂地板上顯得特別恐怖，其他乘客像是怕遭到攻擊似的，每個人都跟博盈離得遠遠的。

亞黎蹲下來檢查博盈的氣息，還有呼吸，看來他只是昏過去而已。

「剛才發生什麼事，有人看到嗎？」亞黎轉頭對其他乘客問道。

其中一名情緒還算冷靜的年輕人說：「那個人突然跑到最前面來，用自己的臉不斷去撞車窗，直到倒下來為止……先生，你小心一點，如果他有精神病的話，可能會再爬起來攻擊別人。」

「不用擔心，他已經昏過去了，請幫我通知捷運人員，請他們在下一站準備救護車。」亞黎抬起頭來，果然發現其中一面車窗上留有面部撞擊後的血跡。

博盈為什麼會突然做出這種行為？難道那台販賣機剛才出現在這裡了嗎？

「請問在他撞車窗之前，你們在車廂裡有看到奇怪的東西嗎？像是根本不該存在於捷運上的東西，自動販賣機之類的？」亞黎問。

其他乘客面面相覷，他們多數人還沒從震驚中恢復過來，最後一樣是由那名年輕人回答：「在他衝過來之前，車廂裡都很正常，可是他撞車窗的時候一直在大吼大叫，好像在跟某個人道歉，還一邊喊著某個名字，什麼雲的……」

「娜筠嗎？」

「對，就是這個名字！」年輕人訝異地說。

博盈最後在跟夏娜筠道歉，是因為自己做了偽證的關係嗎？警方因為他的證詞而逮捕了魯桂民，但魯桂民根本不是兇手，是他害警察抓錯人了……

突然，亞黎在博盈耳邊看到一道微小的亮光，亞黎把博盈的頭輕輕往旁邊挪了一下，發現原來是博盈的手機被壓在下面。

沾到血的手機螢幕上顯示的，是姚月珊的直播拍賣粉絲團。

亞黎皺起眉頭，這是另一個記號嗎？博盈曾經說過，姚月珊是班上的亂源，更是帶壞夏娜筠的罪魁禍首，難道姚月珊是下一個他們該去找的人嗎？

當車廂沿著月台慢慢停下來時，可以看到捷運警察跟醫護人員已經在月台上待命救援了。

車門打開後，亞黎跟其他乘客一起疏散離開，他同時傳訊息給可宸，除了把現場情況轉達給可宸知道之外，也跟可宸相約先回出版社集合，因為博盈自殘所引起的騷動，捷運可能會停駛一段時間了。

*****

出版社的其他人看到可宸跟亞黎一起回來，每個人都不敢靠近他們兩個，大家都知道可宸在幫亞黎田調下一本書的題材，但沒人敢去打聽內容，因為這對怪咖作家跟暴走編輯的組合可是惹不得的。

亞黎在飲水機裝了滿滿一杯冰開水，一口氣喝完後，他體內身為怪談獵人的火焰仍在熊熊燃燒，因為每出現一個新的名字，他們離真相就更近一步。

可宸也跟著裝了一杯冰開水，她的臉色就跟吃了炸藥一樣，亞黎知道她正在為自己沒追上那班捷運而生氣，不過那是她自己跑太慢，怪不得任何人。

等可宸的表情隨著喝下冰水而變得溫和一點後，亞黎才說出自己的想法：「我覺得王博盈二十二年前的證詞是謊言……他根本沒有看到夏娜筠坐在魯桂民的車上，而且他聽到魯桂民名字後的反應也怪怪的，他對魯桂民懷有恨意，這我可以理解，畢竟魯桂民當時是第一嫌疑犯，但是除了恨意之外，我還有感覺到其他的私人情緒……」

「是嫉妒，」可宸說：「那是最明顯也最惡毒的情緒，王博盈在嫉妒魯桂民。」

「對，就是那個！」亞黎恍然大悟地點起頭來，世界上百分之九十的惡意都是因為嫉妒而起的，或許這件案子也是如此。

亞黎繼續說：「我不知道妳的想法，但我現在開始相信魯桂民是無辜的了，那台販賣機的力量正把我們推向真相，也讓我們離真凶越來越近。」

「我也是這麼想的，不過我們繼續查下去的話，可能真的有人會死……」可宸說：「雖然賴育誠、張培斌跟王博盈這三個人都保住一命，但這件事不可能和平落幕，一定有致命的報復在等著某個人。」

「他們是罪有應得，不要忘記他們也是兇手，是陷害魯桂民入罪的兇手。」亞黎的手開始出力，把喝完的紙杯揉成一團：「當然，這股力量真正的目標還是殺害夏娜筠的真兇，祂透過販賣機尋找可以幫忙的人，一開始是俊達，然後很不巧的，俊達剛好認識我。」

亞黎把手鬆開，他看著掌心裡被揉爛的紙杯，說：「這種感覺真的很奇妙……越查下去，我就越想把這些事情都寫出來，我研究了這麼多的真實怪談，沒有一件能讓我這麼熱血沸騰。」

可宸看著亞黎鬥志滿滿的模樣，儘管她對接下來的發展仍有疑慮，但她也期待亞黎能把這本書完成。

「但為什麼一定要透過販賣機？販賣機跟案子到底有什麼關係？」可宸問。

亞黎陷入沉思，這個問題他現在也想不通。

「或許我們該去拜訪下一個人了，一定能找到關聯性的。」

亞黎拿出手機，點開了姚月姍的直播粉絲團。

只見粉絲團的首頁寫著大大的標語：每天晚上八點，準時開播。

******

解謎前・請投幣

「三秒、兩秒、一秒，時間到！」

碼錶上的時間倒數到零後，發出嗶嗶嗶嗶的提示音，姚月珊用一個帥氣的姿勢把碼錶拿起來按掉，接著喊道：「小幫手下截標線！來，哪一位得標？」

從留言區中確認最後出價的帳號後，月珊雙手拱拳，對著鏡頭低頭致謝，這是她對每個得標顧客都會做的感謝動作。

「恭喜這位王怡蓁小姐得標，王小姐請私訊粉絲團，我們會有小幫手在線上協助妳喔！沒搶到的沒關係，我們很快出下一道菜，一樣標多少賣多少，今天晚上都無擋的啦！」

月珊抬起頭來，魄力十足地在桌上一拍，工作人員很迅速把下一個商品放到桌上擺好開賣。

這裡是月珊的直播倉庫，也是她公司的所在地，在她身後的是琳瑯滿目的貨架，而她前方除了直播用的設備外，還有好幾名忙碌的工作人員，有負責包貨拿貨的、也有在線上回覆顧客訊息的。

今天晚上的直播已經開始兩小時了，月珊的嘴巴在這兩小時沒有停下來休息過，儘管滴水未進，她卻不會感到口渴跟疲憊，因為她很清楚，每場直播都是輸不得的戰役。

直播要做的不只是把商品賣出去那麼簡單，更重要的是鏡頭前的娛樂性，觀眾會來收看月珊的直播台，喜歡的就是她的個人魅力，身為女性主播，月珊沒有走賣肉性感路線，她靠的是不輸給其他男主播的魄力跟豪氣，只要她正常發揮，不管什麼東西都賣得出去。

幾年前月珊還是一個只會賣衣服的小直播主，但現在的她已是國內前十名的大直播主，她不用再去煩惱調貨跟銷售的問題，因為現在排隊請她幫忙賣貨的廠商已經排到看不到盡頭了。

很快的，下件商品的競標時間也進入倒數，月珊的直播風格就是這麼快速俐落。

「來，最後五秒，五、四、三、二……」月珊把碼錶拿在手上，準備時間到後就按停。

就在碼錶發出嗶嗶嗶嗶的提示音時，月珊卻沒有馬上按停，任由嗶嗶嗶聲繼續響著，在直播中永遠不會冷場的她，現在竟對著鏡頭一動也不動，整個人彷彿變成了雕像，連眼皮都沒眨一下。

解謎前・請投幣

「珊姐，時間到了……」

一名工作人員出聲提醒，月珊這才回過神來慌張地把碼錶按掉，還差點手滑把碼錶摔到地上。

「對不起，我剛才恍神了，小幫手下截標線了嗎？」月珊很快回到直播的狀態，對著鏡頭一鞠躬說：「大家抱歉，阿珊我自己處罰一下，最後有喊到的幾位都有得標，最低價賣給大家就好！」

此話一出，留言區紛紛出現讚賞月珊的留言：「霸氣！」「珊姐就是敬業！」「珊姐的態度總是不會讓人失望！」

最低價出貨雖然會讓廠商賠錢，不過這點損失月珊還可以彌補，畢竟這是她的責任，她竟然在最關鍵的截標時刻恍神，這是直播主最不該犯的錯。

趁著更換商品的空檔，工作人員低聲問月珊：「珊姐，妳要休息一下嗎？」

「沒關係，下一道菜快點上，我們今天晚上還有很多貨要賣。」

月珊用力地在工作人員的肩膀上拍了兩下，表示自己真的沒問題。

但在內心裡，月珊正在盡力掩飾自己的恐懼。

累積了這麼多年的直播經驗，月珊什麼情況都遇過了，有一次遇到大地震，她也是面不改色地繼續賣貨。

月珊剛才會突然恍神，是因為她在競標的留言中看到了一個名字，一個她想刻意遺忘，卻根本忘不掉的名字。

那是個署名為夏娜筠的帳號，她的留言只有簡短的一句話。

「還記得我嗎？」

13

下一件商品剛擺上來，夏娜筠的帳號又在留言區留下另一句話。

「好久不見，可以聊聊嗎？」

月珊感覺自己的心臟正被一隻看不見的手緊緊勒住，血液無法輸出，肺部難以呼吸，光看到這個名字，她的腦袋就像爆炸般，不斷在耳朵裡製造出轟隆轟隆的耳鳴聲。

不行，不能倒下來，現在還在直播，賭上自己直播女王的名號，不論如何也要繼續播下去。

月珊咬緊牙齒，指著夏娜筠的帳號，大臂一揮發號司令道：「小幫手，來亂的、裝熟的留言全都封鎖掉，特別是那個帳號，馬上封鎖！」

「咦？」負責場控的工作人員懷疑自己聽錯了，他確認道：「珊姐，妳認真的嗎？可是我看這個帳號的發言……也還好而已吧？」

工作人員的懷疑是有道理的，因為之前只有惡意攻擊或洗版的留言，月珊才會下令封鎖，這個帳號的留言看起來只是一般的問候，為什麼要封鎖呢？

「封鎖就對了，我最討厭跟我裝熟的人了！」

看到月珊凌厲的眼神，工作人員不敢再多說話，直接把夏娜筠的帳號拉進黑名單。

好，那名字消失了……月珊深呼吸一口氣，重新把狀態調整好後，繼續她直播女王的演出。

＊＊＊＊＊＊

「嗚哇，果然被封鎖了。」亞黎看著不能再發言的帳號，原來夏娜筠的帳號就是他剛剛創的。

亞黎沮喪地放下手機，轉頭對旁邊的可宸說：「直播主應該不會這樣就封鎖人才對吧？看來我們真的戳到她的痛點了。」

「嗯，夏娜筠的名字出現後，姚月珊在鏡頭前的表現就明顯不對勁了，她的樣子就像是小時候曾經作過的惡夢，現在又追上來了……」

可宸一邊說著，一邊看向車窗外，他們現在停車的地方，就在月珊的直播倉庫旁邊。

月珊的直播台有提供現場取貨服務，倉庫地址是公開資訊，要找到這裡並不困難。

「我們已經按下了開關，就等著看會發生什麼事吧。」可宸說。

這是第四個人了，之前的賴育誠、張培斌，還有王博盈都因為二十二年前犯下的錯誤而受到了懲罰。

張培斌財迷心竅，把還在查證中的情報賣給了賴育誠，賴育誠為了搶新聞，直接把警方逼到風頭上，再加上王博盈極有可能做假的偽證，這才導致了魯桂民的死，也讓真正的兇手至今仍逍遙法外。

販賣機背後的力量正在引導亞黎跟可宸去改正這一切，現在輪到姚月珊了。

她現在是直播界呼風喚雨的女王，但二十二年前的她，扮演的又是怎麼樣的角色呢……

*****

雖然今天晚上的直播發生了一點失誤，但月珊靠著多年鍛鍊出來的台風，很快就找回了直播的節奏，後面上架的商品也如預期的全部賣完了。

「今天晚上就到這邊，明天晚上八點一樣準時開播，大家明天見喔！」月珊對著鏡頭說道。

工作人員接著關掉了粉絲專頁的直播功能，月珊終於鬆了一口氣，是因為那個名字的關係嗎？她感覺今天晚上的直播特別疲憊，不只是體力，精神方面也耗弱不少，這是從未發生過的現象。

對月珊來說，直播就是一場能讓世人注意到她的表演，不管過程多累多苦，她下播後依然可以能量滿滿的跟工作人員一起包貨、出貨，因為她知道自己的演出成功了，每一件商品的出貨都是她應得的。

但今天晚上，她身上所有的能量像是被黑洞吸乾般，一點都不剩了。

工作人員也注意到了月珊的異常，有人提議道：「珊姐，妳先回去休息吧，後續的工作交給我們就好了。」

「嗯，出貨就麻煩你們了。」

月珊低下頭來收拾自己的東西，現場的氣氛讓她恨不得馬上離開這裡。

每個人看著她的眼神都帶著關心跟同情，月珊知道大家是出於好意，但她實在無法忍受……這種眼神應該是給弱者的，不是給她的。

她在二十二年前就受夠了這種眼神，現在的她不再是弱者，而是直播女王，其他人看她的眼神應該帶著敬佩跟崇拜，而不是同情。

「大家明天見。」月珊很快把東西收完。

「珊姐，明天見。」

工作人員紛紛跟月珊道別，月珊簡單揮手回應，同時朝貨架走去，倉庫出口就在貨架的另一端。

走到貨架中間時，月珊忍不住想起了今天直播時出現的，夏娜筠的帳號。

月珊雖然被嚇到了，但她可沒被嚇傻，夏娜筠在二十二年前就死了，那不可能是真的夏娜筠，而是有人冒用了她的名字。

究竟是誰會開這種惡劣的玩笑？直播圈的競爭對手嗎？月珊哼了一口氣，她可不會被這種小手段打倒。

想著想著，月珊已經走到了貨架的底端，往右轉就是出口了。

但就在月珊轉身後，她眼前看到的並不是出口，而是另一條貨架走道。

難道她走錯方向了？為了確認位置，月珊轉頭看了一下身後，眼前的景象卻讓她整個人呆立在原地。

因為出現在她身後的、以及前面的都是同一條貨架，貨架的長度不斷往前後延伸，原本只有十幾公尺的貨架，現在卻變得像有幾百公里那麼長。

月珊開始往後跑，跑了一段路後她發現不對勁，又開始往前跑，但不管往哪個方向跑都看不到盡頭，月珊彷彿跌進了另一個空間，這個空間只有無限延伸的貨架，沒有出口，也沒有人會來救她。

耳邊仍能聽見工作人員一邊工作一邊聊天的聲音，但不管月珊怎麼大聲呼救，工作人員仍自顧自地聊天，他們似乎聽不到月珊的聲音，訊號零格的手機在這個空間也派不上用場。

月珊拖著沉重的腳步前進，她已經無計可施了。

就在她整個人即將被絕望吞噬之際，她發現前方的貨架長度……似乎越來越短了？

終於能走出去了嗎？

月珊欣喜若狂地往前跑，果然沒錯，前面的貨架正在縮短，出口就在前方了！

隨著月珊越來越靠近終點，她的腳步卻逐漸慢了下來。

因為她已經看到了，出現在盡頭的並不是出口，而是一台方形的機器。

月珊記得倉庫裡並沒有這樣的機器呀，等一下，那台機器好像是……

大腦迅速將眼前的畫面跟以前的回憶做比對，兩者符合，月珊不敢相信自己的眼睛。

解謎前・請投幣

為什麼？為什麼這台報紙販賣機會出現在這裡？

月珊在報紙販賣機前停下了腳步。

販賣機內擺設的，是夏娜筠遭到殺害當天的報紙。

月珊全身開始無法控制的顫抖，報紙上的頭條把她拉回了二十二年前的那天晚上。

夏娜筠流滿淚水的臉龐，還有哽咽求饒的哭聲，都從月珊的回憶中被喚醒。

接著，月珊聽到了夏娜筠的聲音。

「還記得我嗎？」

聲音就在耳邊。

月珊終於扯開喉嚨發出尖叫。

14

「喂，你看！」

可宸用手肘頂了一下亞黎，提醒他注意倉庫。

就算不用看，亞黎也聽到倉庫裡傳來的騷亂聲了，裡面似乎出事了，有幾個工作人員跑出倉庫，焦急地四處轉頭後又跑了回去。

「他們的樣子看起來像是在找人……」亞黎說：「看來已經開始了，那股力量找上姚月珊了。」

可宸問：「接下來呢？你打算怎麼做？」

「我們直接進去問清楚吧，這樣是最快的。」

亞黎打開車門，下車後開始往倉庫走去，可宸早料到亞黎會這樣做，便緊跟在他身後。

走進直播倉庫後，裡面果然亂成一團。

工作人員在倉庫的每個房間跟角落穿梭，一邊大喊著：「廁所裡有嗎？」「每間都找過了，沒看到！」「冷凍庫裡也沒看到人！」「她的車停在外面，人一定還在。」「要不要先報警呀？」「等一下，真的都找不到我們再報警！」

一片混亂之中，竟然沒有人注意到亞黎跟可宸這對訪客，直到亞黎把一個年輕的工作人員攔下來，這才瞭解了狀況。

解謎前・請投幣

「你好，可以請問發生什麼事了嗎？」亞黎伸手擋住那名工作人員的去路。

「呃，你們是？」工作人員瞪大眼睛看著亞黎跟可宸。

「我們是來取貨的顧客，只是一直沒有人來招呼我們。」可宸用了個合理的藉口，接著問：「你們看起來在找人的樣子，有人不見了嗎？」

「嗯，珊姐她、她突然不見了……」工作人員說：「直播結束後，珊姐說她要先回家，結果我們突然在倉庫裡聽到她的尖叫聲，但是卻一直找不到她的人，她的車子還在外面，手機也打不通，大家急死了，現在全部的人都在找她。」

亞黎跟可宸交換了一下眼神，果然沒錯，那台販賣機的力量來找姚月珊了。

「我們一起幫忙找吧。」亞黎說。

「好，麻煩你們了！」工作人員說完後便跑開來，準備去倉庫的其他房間繼續找。

姚月珊的事業很成功，她的倉庫規模不輸物流業的專業倉庫，除了主要的貨架外，還有大大小小的辦公室、小倉庫等等，要全部找完也要花一段時間，但亞黎跟可宸很清楚，就算工作人員再怎麼努力也是找不到姚月珊的，那股力量把姚月珊帶走是有目的的，在達到目的前，沒人能找到她。

可宸轉頭看向亞黎，問：「你說要幫忙一起找，怎麼找？」

「先到處看看吧，或許哪邊會留有給我們的線索。」

亞黎說完後跨出腳步，但他第二步還沒跨出去，整個身體就突然停了下來。

因為他看到了，一個穿著水藍色制服的身影從他眼前一閃而過，又消失在貨架走道內。

亞黎很快反應過來，拉著可宸就往貨架走去。

「喂，拉著我幹嘛？」可宸掙扎著說。

「跟我走就是了！」亞黎板著臉說：「我又看到她了，就在那個貨架裡面。」

可宸停止掙扎，冷靜地問：「你看到夏娜筠了？」

亞黎點點頭，這時兩人已經來到貨架走道上，而那水藍色的身影就在走道底端，同樣一閃而過，像是在指引亞黎跟著她走。

亞黎知道自己沒有選擇，很快跟了上去，但來到貨架底端一轉身後，出現在眼前的竟是一整條沒有盡頭、無限延伸的貨架。

「你看後面！」可宸從後面出聲。

亞黎一轉頭，發現剛才經過的地方也變成了沒有盡頭的貨架，兩人像是進入了《駭客任務》的虛擬空間，這裡沒有其他人，也沒有出口，除非空間的主人想讓他們離開，不然亞黎跟可宸將永遠被困在這裡。

但亞黎沒有因此陷入驚慌失措的窘境，他看了一下前方，很快做出決定：「我們繼續往前走吧。」

「你還真冷靜耶，明明出現在我們眼前的是這麼不現實的畫面……」可宸說。

「她把我們引誘到這個空間來是有原因的，姚月珊一定也在這裡。」亞黎說完後便開始往前走。

可宸無奈地吐出一口氣，她知道只要跟亞黎一起行動就一定會發生詭異的事情，不過這次真的超乎她的想像了。

兩人前進了一段距離後，果然發現前方的貨架正在慢慢縮短，而在盡頭的地方，隱約可以看見一台方形的機器，以及一個蹲坐在地上的人影。

亞黎加快腳步來到盡頭，方形的機器果然就是那台報紙販賣機，亞黎興奮到幾乎要歡呼出來，終於見到販賣機的本體了，它果然是存在的！

至於蹲坐在地上的人，正是不久前才在直播中見過的姚月珊。

奇怪的是，在這個空間裡看到其他人，應該是要感到開心才對，但月珊並沒有表現出類似的情緒，而是用空洞的眼神看著亞黎跟可宸，低沉地問：「你們就是那兩個人嗎？」

亞黎跟可宸一時間聽不懂月珊的意思，難道她早就知道他們要來了？

月珊朝販賣機冷冷地瞥了一眼，說：「我站在那台機器前面的時候，聽到了娜筠的聲音……她說，等一下有兩個人會來，如果想離開這裡，就把二十二年前的一切都告訴他們。」

說到最後，月珊朝販賣機吐了口唾液，不屑地說：「不愧是夏娜筠，盡使一些小手段，連死了也是這樣。」

亞黎明白了，姚月珊跟之前的張培斌、王博盈不一樣，她不是一個簡單就會開口的人，要讓她吐出實話，勢必要準備一些手段，而這裡正是夏娜筠準備的，讓姚月珊開口的專屬空間。

「所以你們是誰？是記者嗎？還是警察？」月珊瞪著兩人。

「關於這點，就讓我來說明吧。」可宸說，在解釋緣由這一塊，還是由她來開口會比較保險。

為了表達善意，可宸放低姿態坐到月珊旁邊，把他們的身分、以及為何會追查到月珊這裡來的事發經過都說了出來，至於在直播中假冒夏娜筠留言的事情，可宸則是巧妙地避開了。

聽可宸說完後，月珊唯一在乎的似乎只有兩人的身分：「妳是編輯，然後這個男的是作家？」

「沒錯。」可宸跟亞黎一起點頭。

「所以……要是我把真相告訴你們的話，你們會寫成書出版嗎？」

「對，就是這樣。」

可宸本來想回答「還在評估」，卻被亞黎搶答了，可宸因此瞪了他一眼。

月珊低下頭沉默不語，明明只要說出真相就能離開這裡，但她現在卻猶豫了，看來二十二年前的真相非同小可，甚至會影響到她的直播事業，這是身為直播女王的她無法承受的傷害。

可宸開始在腦中尋找說服月珊的方法，突然間，貨架盡頭的報紙販賣機發出轟隆轟隆的運轉聲，同時吸引了三人的目光。

最後啪的一聲，有個東西掉落在出貨口裡。

亞黎把手伸進出貨口，本來以為出來的是一份報紙，但手指傳來的觸感很單薄，摸起來像是……

「是一張照片。」亞黎把照片拿出來，放到兩人面前。

那是一張在ＫＴＶ包廂裡拍攝的照片，照片中有兩名女孩，她們各拿著一支麥克風，兩人一起對鏡頭露出甜美的笑容，看起來像是在合唱時拍下的。

看到照片的瞬間，月珊壓抑的情緒湧了出來，她不敢相信地將手指湊近照片，喃喃地說：「這張照片是……為什麼還留著……」

亞黎跟可宸也認出來了，照片上的兩名女孩，正是二十二年前的姚月珊跟夏娜筠。

月珊把照片從亞黎手上接過去，並小心翼翼地捧在手裡，彷彿那是貴重到輕輕一碰就會破碎的寶物。

「妳還留著這張照片，是嗎？」月珊看著照片中的夏娜筠，喃喃自語：「就算我對妳做了那麼過分的事情，妳也還留著嗎？真是的，妳到底在想什麼啊……」

月珊的眼眶閃過幾滴不明顯的淚光，可宸沒有放過這個機會，馬上採取攻擊：「姚小姐，我們不知道妳跟夏娜筠在二十二年前究竟發生了什麼事，但我們之前找過的其他人都遭到夏娜筠的報復，因此受了重傷……夏娜筠其實可以先傷害妳，再逼妳開口的，但她卻沒有這麼做，妳有想過是為什麼嗎？」

月珊抬起頭來，她眼眶的淚光已經變得清晰可見。

「或許就跟這張照片一樣，夏娜筠一直以來都把妳當成朋友，所以她沒有傷害妳，而是讓妳在這裡等我們，不是嗎？」可宸說。

月珊隱藏起來的情緒終於潰堤，她哭了出來。

此刻在亞黎跟可宸面前的，是卸下了直播女王面具的姚月珊，這才是真正的她。

隨著月珊的眼淚落下，周圍的環境也發生了變化。

就像變魔法般，原本被拉伸的貨架以三人為中心，咻一下地縮回來恢復到原本的長度，代表他們回到現實世界了。

「空間被解除了……」亞黎看著報紙販賣機本來的位置，那裡已經恢復成一片牆壁，唯有那張ＫＴＶ包廂的合照仍被月珊握在手裡。

為什麼月珊還沒說出二十二年前發生的事，夏娜筠就讓他們回來了？

或許這是娜筠對月珊展示誠意的方法吧，亞黎想著，不管當年發生了什麼事，娜筠仍把月珊當成朋友，那張照片就是最好的證據。

「找到了，珊姐在這裡！」一個從貨架旁邊跑過去的工作人員發現了三人的存在，其他工作人員聽到聲音後也趕了過來。

「珊姐，妳剛剛跑去哪裡了？大家都擔心死了！」

月珊從地上站起來，同時用衣袖把眼淚擦掉，她不想讓員工看到她哭的樣子。

「我沒事，大家回去工作吧。」

「但是剛剛我們聽到妳的叫聲，到處都找不到妳……」

「我說我沒事，」月珊掃視著每個人的臉，說：「明天還有很多貨要出，你們確定還要浪費時間嗎？」

聽到月珊這樣說，就算大家再怎麼擔心，也只能先回到自己的崗位繼續工作，他們很清楚月珊的個性，她在工作人員面前必須是一個堅強又沒有弱點的女王，這是她該扮演的角色，在公司裡絕對不能卸下這個身分。

但在亞黎跟可宸這兩個外人面前，這個身分就失去意義了，況且他們還是為了二十二年前的祕密而來的。

等工作人員都回去忙後，月珊轉頭對兩人說：「兩位，不介意的話到我辦公室坐一下吧。」

「妳準備好了嗎？」可宸問。

「嗯，可以了。」月珊低頭看了緊握的手心，她跟娜筠的合照仍被她握在手裡。

「我會把當時的事情都告訴你們，有些事情我甚至沒告訴警察，是只有我跟娜筠才知道的……」

******

在工作人員的側目之下，亞黎跟可宸跟在月珊身後，一起走進了月珊的辦公室。

跟有些喜歡裝闊氣的老闆不一樣，月珊的辦公室顯得簡潔大方，除了工作必要的東西之外，完全沒有多餘的擺設。

月珊坐在主位上，熟練地拿出茶葉跟茶具開始泡茶，亞黎感覺得到她泡茶並不只是為了招呼客人，而是一種讓自己靜下來的儀式，等茶泡完的時候，她就會變回直播女王主導一切。

果然，當月珊把茶杯遞給兩人的時候，她的眼神已經恢復銳利，跟被困在貨架空間時截然不同。

「那麼，該從哪邊開始呢？」月珊淺淺喝下一口茶，說：「我記得你們是因為王博盈才會找到我的，對吧？」

「嗯，他提供了我們不少情報。」

「情報……」月珊眉頭微皺地說：「我不知道他還有跟你們說什麼，但我先提醒，那傢伙的話不能全信，就算我不常去上課，我也知道他是個卑鄙小人，班上沒半個人喜歡他。」

亞黎想起第一次見到博盈的時候，當時博盈正在偷拍女生的裙底，因此大力點了一下頭來表示贊同。

「不過他有一點沒說錯，我在班上確實不是好學生，不只成績爛，作弊翹課打老師我都幹過，在外面也盡做一些不正當的工作，不過有一點我要強調。」

月珊輪流看著亞黎跟可宸，確認他們都有專心在聽後，繼續說：「我從來沒有帶壞娜筠，我不是那種自己爛還會拖別人下水的人。」

可宸很快說：「但博盈說他看到妳們一起出現在KTV，而且……」

「娜筠跟我一起去KTV工作陪客人喝酒唱歌，這是事實，但把娜筠拉進這個世界的不是我，而是她自己，是她主動開口要加入的。」

這突如其來的爆料讓亞黎跟可宸嚇了一跳，月珊則繼續說：「當我聽到她這麼跟我說的時候，我的表情就跟你們兩個一樣驚訝，因為娜筠怎麼看都不是這個世界的人，她在班上的表現就是很普通的女生，沒聽過她家有什麼狀況，就算缺錢也可以找正式的打工，為什麼要來找我呢？」

月珊又喝了一口茶，緩口氣後說：「我一開始勸過娜筠，說想賺零用錢的話外面有一大堆打工可以選，沒必要跟我一起墮落，但她要的可不是零用錢這麼簡單，她想先存夠錢、再從家裡搬出去，最後跟家人切斷關係。」

亞黎記得培斌的資料夾有提到夏娜筠是單親家庭，家裡除了她之外還有一名從事貨車司機的父親，父親在筆錄中的話不多，只說夏娜筠是很乖巧的女兒，希望兇手早日被制裁等等。

「妳有問娜筠關於她家裡的問題嗎？」可宸問。

「問了，但她不想跟我說，家家都有本難唸的經，像我也是被家人逼到沒有退路的。」月珊說：「我家裡的人都是宗教狂熱者，說白了就是邪教，他們每個月花大筆金錢去供奉一個其貌不揚的老頭，家裡的一切生活都受到教條限制，還想把我送去靈修管教，我就是為了跟那些白癡對抗才變成大家口中的壞學生，我想娜筠也是這樣，她應該是被她爸逼的吧……」

「她爸？」

「嗯，娜筠是單親家庭，她家裡就只有她爸，我猜她應該有被她爸性侵或家暴，所以才會來找我。」

「請等一下，妳提到性侵跟家暴，這兩點有證據嗎？」

「我又不是偵探，哪來的證據？這只是我合理的猜想罷了。」

「但如果沒有徵兆的話，妳也不可能往那個方向去想吧。」亞黎追問：「可以告訴我們，妳為何會覺得娜筠遭到家暴跟性侵呢？」

月珊說：「家暴是最明顯的，在學校裡娜筠總是穿著制服所以看不出來，但她跟我去KTV上工的時候會換上露腰或特別短的裙子，這時那些傷痕就露出來了，我也被家人打過，所以知道家暴痕跡的模樣。」

「妳有問她那些傷痕是怎麼來的嗎？」

「沒，反正問了她也不會說，至於她有沒有被性侵，這點就很微妙了……」

月珊嘆了一口氣，似乎想快點把這個話題帶過去。

「我們在KTV的工作就是單純的傳播妹，負責陪客人喝酒聊天，只要把氣氛炒起來就好，我雖然不學好，但還是懂得拿捏分寸的，如果客人想帶我們出場過夜，我們都會拒絕，我一開始也警告過娜筠，要她工作時保持警覺，但我當時沒想到，KTV裡的娜筠跟學校裡的娜筠，根本是兩個完全不同的人……」

月珊拿起茶壺本想幫大家再倒一杯，但壺裡的茶已經冷了，她索性把茶倒掉，重新在茶壺裡注入熱水，等新的一壺茶泡好後，月珊才把這個話題繼續下去。

「你們能想像嗎？在學校裡表現普通的娜筠，在ＫＴＶ包廂裡其實是挑逗男人的老手，這不是什麼天賦，而是經驗的累積，不管性愛還是挑逗，娜筠早就經驗豐富了，要說這跟她的家庭沒關係？鬼才信呢！我一開始勸娜筠不要把身體也賣掉，但她根本聽不進去，對她來說賺錢才是最重要的。」

「妳的意思是，娜筠還是跟客人發生了關係嗎？」

「是啊，她一開始還想瞞著我，但這種事怎麼可能瞞得住？娜筠敢玩又能睡的大膽作風很快就在業界傳開了，許多客人開始指名娜筠，其中也有幾個我的老客人，但我能做什麼呢？娜筠被他們扶上車的時候，我也只能在旁邊陪笑而已……」

茶桌上的氣氛陷入一片沉重，亞黎跟可宸終於知道培斌那句話的意思了，案發之後，警方跟媒體之間的默契讓民眾以為夏娜筠只是單純的女學生，但全部的人都被騙了，夏娜筠身上還藏著更深的祕密。

「我猜妳們之間的關係也因此決裂了吧？」可宸說。

「嗯，之後娜筠就自立門戶開始自己接工作，我就是從那時候開始恨她的……我把她拉進這個世界，她卻搶走了我的所有資源。」

月珊緊咬住牙齒，說：「讓我們進入主題吧，二十二年前那天晚上，娜筠被殺害之前，我有約她出來見面，為的就是要跟她攤牌講清楚，我不希望她再錯下去了。」

「那天晚上妳有約夏娜筠出來？」亞黎的情緒振奮起來，他們終於找到案發當晚跟夏娜筠有接觸的人了。

目前為止，夏娜筠在案發當晚的行程仍是一個謎，她在放學後去了哪裡？跟誰見過面？這些問題都還沒得到解答，雖然亞黎手上有張培斌的資料夾，但夏娜筠的資料被警方動過手腳，根本不能作為參考。

「最後呢？她有出來跟妳見面嗎？」

月珊點了一下頭，說：「嗯，我那晚打給她的時候，大概是晚上七點多吧，娜筠在電話裡說她還在忙，要晚點才能見面，我猜她又自己接了工作，現在應該在ＫＴＶ跟客人待在一起吧……我跟她約在老地點碰面，就是那棟ＫＴＶ的門口，最後證實我猜得沒錯，她果然從大樓裡走出來了。」

可宸問：「那個時候她有看起來不對勁的地方嗎？還是妳有注意到任何反常的部分？」

「我不知道，她看起來很正常，真要說的話，她當時的表情看起來比平常還要開心，可能客人給了她不少小費吧，那個時候唯一等著傷害她的，就只有我了……」

月珊舔了一下嘴唇，直播時的她可以連續好幾個小時不喝水，但一說起這段回憶，她的嘴巴很快就感到又乾又苦，彷彿有沙子堆積在嘴巴裡，連舌頭的水分也被榨乾了。

剛泡好的茶還是燙的，月珊顧不了這麼多，連續倒出三杯茶，一口喝乾。

「那個時候，我直接跟娜筠攤牌了……我很後悔把她拉進這個世界，早知道她會變成現在這個樣子，當初說什麼我都不會答應讓她加入，我不想再看她繼續錯下去了，她現在回頭還來得及，要是她再墮落下去的話，金錢跟人性遲早會害死她的。」

月珊說完後突然陷入沉默，她再次舔舐嘴唇，剛才喝下去的茶似乎已經乾了。

亞黎主動幫月珊倒了一杯茶，讓話題繼續下去：「……我猜她沒有把妳的話聽進去吧？」

「沒錯，不只這樣，她還要我不要再插手她的事情，還說什麼現在離她的目標還很遠……我真的搞不懂，從我帶她入行後，她賺到的錢已經是外面打工的好幾倍了，加上她私底下跟客人亂搞賺到的錢，這些錢還不夠嗎？她到底想要什麼？」

亞黎想起張培斌的調查資料，內容提到夏娜筠的銀行帳戶有一百多萬的存款，應該就是她在這段時間賺到的錢，但做這行的女孩子通常錢來得快去得也快，把錢存起來的並不常見，夏娜筠存這筆錢究竟想做什麼？若她只是想脫離家裡獨立出去，也用不到這麼多錢啊……

「聽到娜筠那樣說以後，我的理智在那一瞬間斷線了，我直接朝她臉上打了一耳光，然後罵她是笨蛋。」月珊抬起自己的手掌，凝視著說：「我不敢相信自己真的會出手打她，我還記得娜筠當時的表情，她先是被我嚇到，然後就開始哭了……她哽咽著求我原諒她，她說她知道自己這樣做是錯的，但她有不得不做的理由，如果我想知道的話，她可以全部告訴我，但我沒有聽她說，我覺得好奇怪，為什麼變得好像我是壞人？我明明是在救她啊！最後我大喊了一句『我不要聽！』然後我就跑走了，我想跑得越遠越好，最好永遠都不要再看到她了……隔天我沒去學校，我是在電視上看到新聞才知道娜筠死了，當時我整個人坐在電視前面發呆，就這樣坐到晚上。」

「娜筠當時想把一切都告訴我，但我卻沒有留下來聽她說。」月珊垂下頭：「帶娜筠進來的時候，我跟她從不熟的同學變成最好的朋友，我還很開心終於找到一個理解我的人了，最後卻變成這樣……要是當時我留下來聽她把話說完，或許我就會待在她身邊，兇手也不會盯上她了。」

講到最後一句話時，月珊突然猛地抬起頭來，盯著兩人說：「對了，警察抓到的那個兇手……他最近被槍決了對吧？」

「沒錯，魯桂民的死刑在今年被執行了，妳有想到什麼嗎？」亞黎敏銳地問，他知道月珊不會毫無原因就問起這件事的。

「有件事我一定要讓你們知道，就是那個人是被栽贓的，他不是兇手，那個人不可能傷害娜筠，絕對不可能。」

又一個勁爆的情報，亞黎迅速舉起手來釐清話題：「等、等一下！妳認識魯桂民嗎？不然妳怎麼會有這個想法？」

「阿民本來是我的客人，他們一群工人來KTV唱歌的時候常常找我們去陪唱，他看起來雖然又呆又笨，但是個善良的好人。」月珊說：「娜筠加入之後，阿民一直都對娜筠很溫柔，他的態度不像是在哄小姐，而是像哥哥在陪伴妹妹……有時唱完歌後，我會看到他們兩個在報紙販賣機前面聊天，他是唯一一個跟娜筠獨處不會讓我覺得反感的人，不過我還是會勸娜筠不要跟客人走太近就是了。」

「哇！那個，請再等一下！」

這次連可宸也忍不住變得激動了，因為她跟亞黎聽到了另一個關鍵字。

「他們會在報紙販賣機前面聊天？哪裡的報紙販賣機？」

「咦？我前面沒提到嗎？」月珊反應過來，說：「KTV那棟大樓裡面有一層樓剛好是報社，所以一樓就有一台報紙販賣機，還蠻多人在那邊買報紙的。」

夏娜筠跟魯桂民之間的特殊關係，還有那台報紙販賣機……支離破碎的線索終於開始連起來了。

或許王博盈也看過夏娜筠跟魯桂民在販賣機前的互動，在心生嫉妒的情況下才跟警方做了偽證。

夏娜筠那天晚上在ＫＴＶ包廂接待的客人可能就是魯桂民，體內才留有魯桂民的ＤＮＡ。

兇手殺害夏娜筠後再栽贓給魯桂民，一次奪走兩條性命。

而現在透過報紙販賣機推動整件事的，正是夏娜筠跟魯桂民聯手的力量，祂們想讓世人知道真相……

亞黎已經隱約看到整起事件的全貌，雖然還有一層霧擋在中間，不過這層霧已開始變薄，只差最後一步就能把這層霧澈底撥開了。

「關於你們下一個要找的人，我也能提供一些建議。」月珊主動推兩人一把：「娜筠的父親，你們一定要去找他，娜筠的變化、她跟男人相處的經驗，甚至她被殺害的原因，跟她父親絕對脫不了關係。」

「謝謝妳，我們遲早會去找他的，若妳能提供多一點跟他有關的消息，那就真的幫我們大忙了。」可宸說，娜筠的父親在二十二年前是貨車司機，若他現在還有在開車的話，從貨車公司那邊查到他的下落應該不是難事。

可宸問道：「除了家暴的傷痕外，娜筠有跟妳提過關於她父親的事嗎？」

「很少提，不過他給我的感覺就是個會打人的騙子。」月珊咬牙說：「新聞上說，娜筠那天放學後一直沒有回家，家人就報案在找她了，根本是一派胡言！娜筠那段時間經常工作到清晨，她回家換上制服就直接去學校，我才不相信她爸會報案找她！」

亞黎跟可宸也覺得娜筠的父親根本沒報案，新聞寫到的內容只是警方放出的消息，因為他們想讓社會大眾認為死者只是普通的女學生、生在一個普通的家庭，但現在他們查到的事實已經推翻一切，夏娜筠一點也不普通，她的父親也不是正常的父親。

在這麼多不正常的因素中，究竟是什麼害死了夏娜筠？

17

「想去喝一杯嗎？」

回到車上後，可宸主動對亞黎提議，他們今天從月珊那邊聽到了太多訊息，需要酒精來幫腦袋吸收一下。

應該又要去她常去的那間酒吧了吧？不過亞黎現在最想做的並不是喝酒。

「可以換地方嗎？我肚子餓了。」亞黎滑動手機，找到離這裡最近的一間居酒屋，說：「去這間吧，他營業到天亮。」

可宸看了一下那間店的封面照片，是一盤多汁誘人的烤肉串，食慾瞬間就被勾了上來。

「也好，就去這間吧。」

可宸準備開車時，一個聲音突然從車窗外叫住他們：「等一下！」

兩人看向窗外，發現月珊正從倉庫朝他們跑來，亞黎放下車窗：「珊姐，還有什麼事嗎？」

知道月珊的善良本性後，亞黎也跟她的粉絲一樣直接叫她珊姐了。

「沒什麼……我只是想確認，你們會幫娜筠抓到兇手，對吧？」月珊彎下腰看著車內的兩人，她想要親耳聽到答案。

「一定會的。」亞黎堅定地說：「這件事輾轉來到我手上後，娜筠一直透過記號在引導我，我相信她會選上我，就是希望我能把這一切都寫出來公諸於世，這是她賦予我的責任。」

月珊放心地點了一下頭，接著露出有些難為情的表情，說：「我知道這樣的請求很奇怪，假如娜筠有出現在你們面前的話，請幫我跟她說，這二十二年來我一直在後悔，那天晚上我應該留下來聽她把話說完的……我不奢求她的原諒，但我希望你們能把我的懊悔傳達給她。」

可宸注意到月珊手上仍握著那張KTV的合照，於是淡淡一笑說：「這妳不用擔心，妳是我們目前找過的人中唯一沒有被她傷害的，加上娜筠把那張照片留給妳……我想她已經原諒妳了。」

月珊愣了一下，她接著低頭看向手上跟娜筠的合照，臉上終於出現了久違的，跟少女時期一模一樣的笑容。

＊＊＊＊＊＊

雖然到了居酒屋，但可宸的心還是掛念著酒吧，她因此選了吧檯的位置，只要把手舉起來就可以點酒，亞黎則是點了啤酒跟綜合烤肉串。

可宸一邊喝酒一邊用手機聯絡世恩，希望能利用他前刑警的人脈來查到夏娜筠的父親現在人在何處，經過一番交涉後，可宸終於放下手機，喝下一大口酒說：「世恩哥說他可以幫忙，交換條件是他想出第二本刑警回憶錄，這種事我不能做主，只好先隨便糊弄他了。」

「他的書不是賣得不錯嗎？出第二本應該沒什麼問題吧。」亞黎隨口回應，他的眼睛正專心看著夏娜筠父親二十二年前的資料。

夏娜筠的父親名叫夏逸軍，二十歲就開始跑車賺錢，貨車司機的薪資豐厚，但壓力也很大，可能是長期處在跑車的身心壓力下，他才會對夏娜筠有家暴行為，按年齡推算起來，夏逸軍現在差不多六十四歲，如果他還有在開貨車的話，那就是貨真價實的老司機了。

可宸拿起一串烤肉，邊吃邊問亞黎：「你覺得夏逸軍是兇手嗎？」

「妳會這樣問我，代表妳已經有想法了吧？」

「嗯，我覺得八九不離十了，夏逸軍殺害了自己的女兒，我們已經找到他的殺人動機，只差最後的證據了。」

亞黎皺起眉頭，他對可宸的說法抱持疑慮：「在這之前，我想先聽聽看妳對於動機的解釋。」

可宸不悅的表情就像在說「這還要解釋？」但她還是把自己的想法說了出來。

「夏逸軍因為工作上的壓力長期家暴夏娜筠，夏娜筠為了脫離父親的掌控才去跟月珊求助，因為她需要賺錢才能從家裡獨立出去，至於夏娜筠為何存了一百多萬還不想收手……搞不好這是夏逸軍提出的條件，必須賺到多少錢才能放她自由，就是一種贖身契的概念。」

「夏逸軍本來以為夏娜筠不可能存到那些錢，但他沒想到夏娜筠竟然會為了脫離自己的掌控而自甘墮落出賣身體，身為父親的他因此感到羞恥跟憤怒，這就是一個完整的殺人動機了，搞不好他也知道夏娜筠跟魯桂民之間的特殊關係，所以他才把夏娜筠的屍體藏到魯桂民的車上，藉此嫁禍給他。」

可宸說完後，露出一副「怎樣？」的自負表情，等著亞黎的意見。

「聽起來都很合理，但感覺好像缺了什麼……」亞黎用指尖按壓著眉間，說：「這計畫聽起來不像是一個會用暴力控制女兒的貨車司機做得出來的，如果他真的是兇手，犯案手法應該會更粗糙才對。」

「不然你的想法到底是怎樣？」可宸不耐地說。

「呃，我現在也無法說出答案……不過我每次在調查怪談題材跟打電動的時候，發現兩者有個邏輯是一樣的，那就是等我們抵達最終大魔王前方時，不管我們之前遇到多少謎團、也不管過程有多峰迴路轉，所有一切都會在魔王面前得到解答，如果夏逸軍就是那個魔王，那我們去找他就對了。」

亞黎說完後拿起酒杯跟可宸碰了一下，算是預祝接下來打魔王的過程能夠順利，但他心裡還有一段話沒講出來。

這幾天賴育誠、張培斌跟王博盈都因為他們的調查而相繼出事，相信兇手也察覺到異樣了。

隨著他們越來越接近真相，兇手不可能一直袖手旁觀的……

解謎前・請投幣

＊＊＊＊＊

時間正值中午，行駛在高速公路上的車輛陸續從快車道上往右靠，準備從匝道口前往服務站休息。

正午的太陽在空曠的服務站停車場上顯得特別毒辣，人們不是躲在車上就是躲在室內，這種時間還留在戶外的人只有兩種，一種是想快點進去服務站吹冷氣的人，另一種則是想快點回車上吹冷氣的人。

理所當然的，離服務站比較近的車位都被停走了，剩下的位置都要走一段路才能躲避烈日，不過對夏逸軍這樣的貨車駕駛來說，中午時段還找得到車位就是一個小確幸了，因為這個時間會來服務站的不只有遊客，多數貨車駕駛也會趁現在來買便當或在車上小憩。

夏逸軍今天的運氣不錯，他剛把貨車開到停車場就遇到另一台車正好要離開，他只花了幾秒的時間就熟練地把體型碩大的貨車停好，不讓其他車有插隊的機會，儘管他今年已經六十四歲了，開貨車的技術還是不輸年輕人的。

把車停好後，逸軍身手俐落地從車上跳下來，用手遮著陽光快步朝服務站走去。

此刻，亞黎跟可宸正坐在服務站的咖啡廳裡，把逸軍的一舉一動都看在眼裡。

世恩不只幫可宸查到逸軍的貨車車牌，還查到了他這個禮拜的送貨路線，他們兩人只要在服務站守株待兔，緊盯每輛貨車的車牌，遲早會等到他的。

看到逸軍走進服務站，亞黎跟可宸馬上丟下喝到一半的咖啡，走出咖啡廳來到服務站大廳，他們很快在人群中找到逸軍的身影，他站在運將便當店前，正在掏錢結帳。

亞黎本來想跟之前一樣直球對決，直接把逸軍攔下來問話，但逸軍的體格讓他退縮了，可能是平常都在搬貨上下車的關係吧，逸軍的肌肉十分壯碩，身上散發出的凶狠氣息跟之前的張培斌、王博盈等人完全不一樣。

一旁的可宸看出亞黎的顧慮，她忍不住揶揄道：「好啦，你要直接去拍他的肩膀，問他關於女兒的事嗎？」

「等一下，再觀察一下好了……」亞黎說。

貨車司機買好便當後通常不會馬上離開服務站，而是會在車上吃完再出發，時間允許的話也會小睡一下。

按照之前的模式，如果夏娜筠想讓自己的父親對亞黎說出真相，那她一定很快就會有動作了……

買好便當後，夏逸軍還沒有要回車上，而是朝擺放飲料販賣機的區域走去。

雖然服務站裡也有賣飲料的店家，但逸軍不喜歡那些花俏的手搖飲，相較之下，自動販賣機的咖啡不但便宜，提神的效果也更好。

逸軍來到自動販賣機前面時，已經有另一名男子站在機器前面了，對方似乎在猶豫要買什麼飲料，遲遲沒有按下按鈕。

逸軍不悅地「嘖」了一聲，他最討厭這種人，投下硬幣前就要選好想買的飲料，這是基本的禮貌，不然只會造成別人困擾而已。

把零錢數好從皮夾裡拿出來後，逸軍朝販賣機的品項欄看了一眼，他想看看有沒有新品牌的咖啡。

但機器裡沒有賣咖啡。

不只如此，機器裡完全沒有擺放飲料，只有一份又一份的報紙，放在這裡的不是飲料販賣機，而是一台報紙販賣機。

是因為疲勞駕駛導致的錯覺嗎？為什麼這裡……不，為什麼這個時代還有報紙販賣機這種東西？

逸軍用力揉了幾下眼睛，卻發現那台報紙販賣機仍在那裡，而且裡面放的不是今天的報紙，印在頭版上的，是那個男人在幾個禮拜前被槍決的新聞……

看到頭版上的那個名字，逸軍感覺全身突然失去了力氣，握在手上的零錢也跟著掉到地上。

為什麼？為什麼這個名字會出現在這裡？

逸軍現在的感覺，就像小時候最可怕的惡夢追上長大後的自己，全身打起冷顫。

「魯桂民……」逸軍咬牙切齒地說出那個他不想再看到的名字。

此時，排在前面的男子終於按下按鈕，一份報紙跟著被往前推、掉進出貨口。

男子剛彎腰要把報紙拿出來，逸軍一個箭步突然站到男子旁邊，並用力扣住他的手，大聲質問道：「喂！你買這報紙要幹嘛？」

逸軍的大嗓門把男子澈底震懾住了，男子呆愣住幾秒後，才畏畏縮縮地回答：「買……買什麼報紙？」

「當我白癡嗎？就你現在買的報紙啊！」逸軍又喊。

「我……我只想喝飲料……不知道什麼報紙……」男子把手從出貨口裡慢慢拿出來，他手裡握著的確實是一罐飲料。

這下換逸軍愣住了，他抬頭看向販賣機，看到的竟是五顏六色的飲料罐，報紙販賣機不知道什麼時候又變成飲料販賣機了。

他也是現在才注意到，因為他剛才的喊叫聲，服務站裡現在有一半以上的人都在看他，讓逸軍覺得手足無措。

「對不起，是我搞錯了……」

逸軍鬆開男子的手，抱著便當就往門口跑。

咖啡對他來說已經不重要了，他現在只想快點回到車上。

*****

「到底為什麼……不是都結束了嗎？」

在貨車空調跟飯菜香味的陪伴下，逸軍一邊吃著便當，一邊在車上整理思緒。

剛才看到的報紙販賣機是幻覺嗎？那男人都已經被槍決了，為什麼自己還會看到這些幻覺？

本來以為等那男人受到制裁，自己就可以獲得解脫，結果還是沒辦法嗎？

「二十二年了……」逸軍低下頭看著儀表板。

儀錶板上貼著一張早已發黃的舊照片，那是他最後一次帶女兒娜筠出去玩的照片。

照片中的娜筠只有國中一年級，逸軍記得很清楚，因為等娜筠升上國二後，自己的個性也在那時發生變化，他們就沒有再一起合照過了。

逸軍將手指輕放在照片上，閉上眼睛回想著娜筠的臉孔。

但從他腦海浮現出來的只有娜筠升上高中後恐懼的表情，國中之前父女融洽相處的時光他竟然一點都想不起來。

解謎前・請投幣

「對不起，對不起……」逸軍喃喃唸著，他的心同時在滴血。

他多希望可以回到拍這張照片的時候，就算只能在過去停留一秒也好，他也想再見女兒一面，好好跟她道歉，不該對她做出那些事情的……

逸軍睜開眼睛，他發現視線變模糊了，是因為眼淚的關係吧？每次他這麼做的時候總是會忍不住哭出來。

逸軍把淚水擦掉，拿起便當繼續吃。

就在他用筷子重新夾起飯菜的時候，夾起的飯菜卻又馬上掉回便當裡，因為逸軍拿筷子的手正在劇烈顫抖。

逸軍睜大眼睛，不敢置信地看著前方的小客車停車場。

有一男一女站在一台黑色轎車旁邊，似乎正在對話，逸軍不知道他們在聊些什麼，他也不想知道，重點是那個男的，逸軍認得他。

逸軍放下便當，把臉貼到車窗前仔細確認對方的長相。

真的是他，是魯桂民……

他不是已經被槍斃了？為什麼會出現在這裡？難道這也是幻覺？

不，等一下……

逸軍很快有了另一種想法，假如這是幻覺的話，那他現在看到的魯桂民就不是真的囉？

既然不是真的，那我現在去殺了他應該也沒關係吧？

一想到能親手殺掉魯桂民，逸軍便覺得豁然開朗，原來如此，自己遲遲無法得到解脫，就是因為他沒有親手處決那個男人。

現在，機會總算來了。

逸軍推開車門，跳下車朝「魯桂民」的幻覺走去。

******

「果然已經開始了吧。」

「嗯，從他剛才在自動販賣機那邊的舉動來看，一定是看到了什麼。」

亞黎跟可宸靠在車子旁邊，他們一邊觀察夏逸軍在車上的舉動，一邊討論他剛才在

解謎前，請投幣

服務站裡的異常行為。

從夏逸軍在販賣機前的行為來看，娜筠已經開始行動了，如果夏逸軍就是兇手的話，她應該會再傳達訊息給亞黎，告訴他們接下來該怎麼做才對，現在只能先等待了。

「喂，他的樣子看起來不太對勁。」可宸突然說。

的確，夏逸軍正把臉貼到車窗上，睜大眼睛的模樣像是想把某個東西看得更清楚一點，是什麼？他看到了什麼？

亞黎還在思考，夏逸軍就已經從貨車上跳下來，筆直地朝亞黎的方向前進。

「欸……」亞黎發覺不太對勁，他緊張地往可宸身邊靠：「是我的錯覺嗎？他好像在朝我這邊前進，而且還一副殺氣騰騰的樣子。」

「不是錯覺，他真的走過來了，而且他的眼神在瞪你。」

可宸拍拍亞黎的肩膀，說：「我也感覺到他的殺氣了，我勸你最好先跑為妙。」

「我覺得現在跑也來不及了……」

亞黎絕望地說，因為夏逸軍已經來到他前方幾步的距離，殺氣也如刀刃般劃到亞黎臉上。

19

殺了他，我一定要親手殺死他……

夏逸軍的雙眼像要冒出火來，他全身挾帶著可怕的殺氣，氣勢洶洶地朝眼前的「魯桂民」前進。

逸軍雙拳緊握，指甲深深刺進掌心，就算刺出血來也無所謂，殺死娜筠的兇手就在眼前，他絕不能放過這個機會，就算這只是幻覺，他也要趁幻覺消失前親手殺掉那個男人。

逸軍大步邁進，隨著距離越來越近，魯桂民跟旁邊的年輕女子都露出不知所措的表情，他們兩個是在幽會嗎？對娜筠做出那種事，竟然還敢跟別的女人……逸軍怒火中燒，他已經開始想像等一下用拳頭把魯桂民打到面目全非的畫面了。

穿過道路後，魯桂民就在觸手可及的範圍內了，但魯桂民仍站在原地沒有逃跑，是知道自己無處可逃了嗎？這樣也好，就站在那邊等死吧！

解謎前・請投幣

只差最後一步，拳頭就可以揍到那個殺人兇手的臉上了……逸軍舉起右拳，緊咬牙關，準備把這二十二年來的恨意都灌輸到這一拳裡面。

就在這一拳即將揮出的時候，逸軍聽到了一個聲音。

那是一個他以為再也不會聽見的聲音。

「爸。」

逸軍的拳頭在空中停了下來。

「……娜筠？」

逸軍轉頭看向聲音的來源，只見夏娜筠就站在面前，魯桂民旁邊的那名年輕女子不知道什麼時候變成了娜筠的樣子，難道這也是幻覺嗎？

娜筠伸出手，輕輕握住逸軍的拳頭，並把他的拳頭往下壓。

「爸，是我。」娜筠說。

這個聲音讓逸軍澈底卸下武裝。

就算眼前看到的都是幻覺好了，但對他來說，再見到女兒一面的意義是遠遠大於復仇的。

他有好多話想跟娜筠說，也有好多罪想跟她懺悔……

*****

「呃……所以現在是什麼狀況？」

剛才一連串發生的事情，讓亞黎的情緒從一開始的不安，到殺氣逼近的恐懼，最後是摸不著頭腦的疑惑。

就在逸軍殺到自己面前，亞黎已經做好防禦的準備時，逸軍卻突然停下手中的拳頭，轉頭對可宸叫出了娜筠的名字，突然被別人當成女兒，連可宸自己也嚇壞了。

接下來的發展讓兩人更束手無策，只見逸軍跪倒在可宸面前，低頭哭求著：「妳可以原諒爸爸嗎……妳的東西爸爸都沒有動過，妳可以回來嗎？我不會再像以前那樣打妳了，對不起……」

逸軍的聲音幾乎要哭出來了，一個中年男人跪地痛哭的畫面也吸引了其他遊客的注意，但亞黎跟可宸只能呆站在原地，完全不知道該怎麼辦。

解謎前・請投幣

從逸軍說的話聽起來，娜筠似乎就在他的面前，但亞黎跟可宸看不到娜筠、也聽不到她的聲音，只能單方面從逸軍的反應來推測現在的狀況。

逸軍可能就是殺害娜筠的兇手，亞黎跟可宸是抱著這樣的假設才來到這裡的，但逸軍現在展現出的情緒反應，讓兩人開始懷疑這一點了。

因為跪在兩人面前的，毫無疑問是一個痛心的父親，而不是殘忍的兇手，如果這是演技，那他實在不該去開貨車，因為他的演技已經超越許多影帝了。

突然，逸軍抬起頭來看向亞黎，然後又轉向可宸：「妳在說什麼……就是這個男的殺了妳不是嗎？警察都找到證據了！兇手就是他啊！」

聽到逸軍這麼說，亞黎恍然大悟，難怪剛才逸軍會想攻擊他，因為他在逸軍眼中就是魯桂民的樣子，可宸則是夏娜筠，娜筠充分地利用了他們兩個……

想必娜筠已經把兇手另有其人的事情告訴逸軍了，他才會有這樣的反應。

但真正的兇手到底是誰？娜筠會跟逸軍說嗎？

逸軍的臉色突然變得凝重，好像從娜筠那邊聽到了另一件更關鍵的消息。

「證據……都在那裡嗎……」

逸軍說完後，他朝前方伸出手，像是想抓住什麼東西，最後卻抓了個空。

或許他是想留下娜筠吧……亞黎從逸軍的眼神中看得出來，娜筠已經走了，現在站在他面前的只是兩個陌生人。

但目前唯一能幫他的，也只有這兩個陌生人了。

逸軍擦掉臉上的淚水站起身來，用全新的角度面對亞黎跟可宸。

「娜筠說你們可以幫我，你們到底是誰？」逸軍說。

*****

逸軍的午休還有一段時間，可宸邀請逸軍一起到服務站裡的咖啡廳坐，等逸軍比較冷靜一點後，兩人再把之前發生的事情解釋給他聽。

「所以不是魯桂民殺了娜筠，真正的兇手還活得好好的……」

聽完兩人的解釋後，逸軍放在桌上的雙手慢慢握成拳頭，懊悔地說：「所以這二十二年來……我到底在恨什麼呢？連兇手都沒抓到，我到底在幹嘛啊？」

解謎前．請投幣

「夏先生，這不是你的錯。」可宸說：「但為了找到真兇，我們需要你幫忙釐清一些問題……」

「我是個很爛的父親，沒錯，我會打娜筠，而且是回家一看到她就打。」

可宸還沒發問，逸軍就自顧自地說了起來，這些話已經憋在他心裡二十二年了，現在不說出來，他到死都會帶著遺憾。

「娜筠的母親去世後，我的情緒就很不穩定，加上跑車累積的壓力，當時娜筠就是我的出氣筒，我把所有的怒氣、壓力都發洩在她身上，直到警察跟我說他們發現了娜筠的屍體，我整個人才清醒過來，我以前到底都在幹嘛？我真的是……不知道，我不知道怎麼說，我很後悔，真的很後悔……」

逸軍說著說著就低下頭來，亞黎跟可宸確實感受到了他的懊悔，但有個關鍵的因素，逸軍一直沒有提到……

亞黎跟可宸互相交換眼神，因為他們不曉得現在適不適合問這個問題，最後兩人在桌子底下猜拳，由猜輸的亞黎來發問。

「對不起，夏先生，這個問題可能比較不禮貌，但我還是要問一下……」亞黎吞下一口唾液，問：「你有性侵過娜筠嗎？」

逸軍用凶狠的眼神代替了回答，亞黎差點就要直接躲到桌子底下了。

「我是個爛父親，但我可沒有爛到那種地步！」逸軍說。

「對不起，因為依照娜筠的同學，月珊的說法……」可宸很快出來打圓場，說：「在她帶娜筠進去ＫＴＶ工作之前，娜筠似乎就有不少性經驗了，所以你對這點毫不知情嗎？」

可宸這一問正好打在逸軍的痛點上，逸軍的情緒很快被愧疚感填滿，他垂下頭來，低聲說：「這點我是真的不知道，那個時候我們父女正處於決裂期，我一看到她就覺得生氣，她也整天在躲我，所以我真的不知道是怎麼回事……」

「這麼說來，娜筠被月珊帶去ＫＴＶ工作的事情，你也是之後才知道的？」

「對，還有娜筠的帳戶裡有一百多萬的事情，都是承辦案件的張刑警告訴我的，不過他交代我千萬不能洩漏給媒體，因為這會影響到社會大眾對娜筠的觀感，造成二度傷害……」

可宸邊聽邊點頭，果然沒錯，張培斌不想讓案件複雜化，所以對逸軍下了封口令。

「娜筠存那筆錢是有理由的，假如她只是想搬出去一個人住，應該用不到一百萬這麼多錢，你有想到什麼嗎？」可宸繼續問道。

「這，我也不知道……」逸軍的頭垂得更低了，「雖然我會打她，但在零用錢這個部分，我從來沒有虧待過她，我每天早上都會留五百塊在桌上再出門，家裡的帳單我也都有在付，根本不用她煩惱。」

看來逸軍以前是典型的金錢家長，只要給孩子足夠的錢，孩子就要完全聽他的話，就算挨揍也不能還手，這樣的家長總是要等到悲劇發生後，才會明白金錢不是萬能的。

「娜筠帳戶的那一百多萬，最後你怎麼處理？」亞黎問。

「我沒有動，一直放在銀行裡面，還有她的房間也是，我一直保留著原本的樣子……啊！」

逸軍像是突然想到什麼重要的事情，用力拍了一下桌子，說：「對了！她的房間！她有說要帶你們去！」

「她的房間裡面有什麼？請慢慢說就好。」亞黎被這一拍嚇到，急忙把桌子扶正。

逸軍指向可宸，說：「娜筠從妳身上消失之前，有跟我說一句話……她要我帶你們去她的房間，所有關於兇手的證據都在那裡。」

20

逸軍的住處是一棟三層樓高的透天住宅，在這一區屬於比較舊的房子，看得出來有歷史了。

亞黎跟可宸一直在門口等到晚上十一點，逸軍才跑完車回到家，畢竟他今天的工作還是要完成的。

「對不起，讓你們在外面等那麼久。」逸軍到家後馬上跟兩人道歉，同時拿出鑰匙開門。

「沒關係，你開一整天車也辛苦了。」亞黎說。

逸軍下車的時候手上拿著一袋東西，亞黎本來以為那是他的晚餐，仔細一看才發現那是滿滿一袋的蠻牛空瓶，不禁為這位年邁的司機感到不捨。

在見面之前，亞黎一直把逸軍當成頭號嫌疑犯，但經過今天在服務站的談話後，亞黎對逸軍的想法有了一百八十度的大翻轉，他以前是個愛動用暴力的爛人，這點無庸置疑，但現在的他只是個無法從失去女兒的傷痛中走出來、深陷於懊悔之中的父親。

逸軍打開門讓兩人進到房裡，房子雖大，但只有逸軍一個人住，加上他長期在外跑車，這棟房子對逸軍來說已經失去了家的意義，充其量只能算是睡覺的地方。

「這棟房子是我剛結婚的時候買的。」逸軍把門關上，轉身對兩人說：「我本來還想生個兒子，然後三代同堂一起住在這裡，但最後還是……」

或許是觸及到傷心回憶的關係，逸軍搖頭不再往下說，他朝樓梯擺了一下手，說：「娜筠的房間在二樓，我帶你們上去吧。」

其實亞黎一直很好奇娜筠的母親是如何去世的，但這種事情除非當事人主動提起，不然外人根本沒有主動詢問的權利。

*****

娜筠的房間整理得很乾淨，書桌上擺放著文具跟一些小玩具，課本也整齊疊在桌面上，床上除了棉被之外，還有摺好的水藍色制服，感覺主人隨時會回來把它穿上，但亞黎知道那是不可能的，這房間保留下來的，只是父親對女兒最後的回憶。

「我每個禮拜都會進來打掃，除了警方一開始有進來搜查之外，娜筠的東西我都沒有動過。」逸軍說。

亞黎站到房間中央，轉頭掃視著房間的每個角落，可宸則是走到書桌旁邊，一一檢視桌上的文具跟玩具。

把房間看過一遍後，亞黎轉頭對逸軍問：「警察當時有發現什麼可疑的東西嗎？」

「他們在櫃子裡找到娜筠來不及存進去的現金，警察也是因為這樣才發現娜筠的帳戶有異常金流的。」

「所以娜筠藏起來的證據連警察也沒發現……你知道娜筠會把重要的東西藏在哪裡嗎？」

「這……」逸軍因為愧疚而低下頭來：「當時娜筠根本不會跟我說話，所以……」

二十二年前，娜筠對逸軍來說只是一個「我給妳錢讓妳活著，妳就要讓我打」的出氣筒，父女間幾乎沒有對話，更不要說互相瞭解了，就算逸軍現在再後悔，他也無法挽救這個錯誤。

從事情開始到現在，娜筠給予的每個指引都是有目的的，她藏證據的地方一定跟這次的事件有關，而且是警察跟其他人都不會注意到的，會是哪裡呢……

亞黎準備把房間的每個角落都檢查一遍時，可宸突然從書桌轉過身來，說：「喂，你們看這個。」

可宸手上多了一個東西，是台自動販賣機造型的玩具，只要按下水果的圖案就會掉出相對應口味的糖果，以前在學校很流行，每個人的抽屜裡幾乎都有一台。

「這是我在書桌上找到的，」可宸說：「我們沿著報紙販賣機的線索一路找到這裡來，現在她桌上也有一台販賣機，我想這不是巧合吧？」

可宸把糖果販賣機拿在手裡晃了一下，裡面發出喀沙喀沙的聲響，如果不是糖果發出來的，就是裡面還有其他東西。

「能跟你借一下螺絲起子嗎？」亞黎對逸軍說。

逸軍很快去一樓把螺絲起子拿上來，亞黎把糖果販賣機放在書桌上，先拆掉背後的螺絲，然後像開啟寶箱般，雙手小心翼翼地將背板拿起來，露出娜筠一直藏在裡面的東西。

販賣機裡面已經沒有糖果，只有一張照片。

那是一張從窗外朝室內拍的照片，從角度來看應該是偷拍，照片的房間裡有一名男子剛好面對鏡頭，男子裸著上半身，雙手正把皮帶繫上，看起來像剛穿上褲子的樣子。男子旁邊還有一張床，一名衣衫不整、水藍色制服從肩膀被褪下的短髮女生就坐在床上，但女生背對著鏡頭，看不出來是不是娜筠，不過照片倒是把男子的面孔拍得很清楚，是名三十多歲、皮膚白皙的斯文男性。

可宸向逸軍確認道：「照片裡的是娜筠嗎？」

「不是，娜筠上高中後就沒有剪過短髮了，但是……」逸軍指著照片中的男子，說：「我認得這個男的，他是娜筠的班導師。」

「你確定嗎？」

「我很確定，因為娜筠的關係，他有來找我做過家庭訪問，只是每次都被我罵走。」一想到他可能就是兇手，逸軍就忍不住憤怒的情緒，緊咬著牙齒問：「就是他殺了娜筠嗎？」

「冷靜點，我們現在就是要查證這一點。」

可宸馬上安撫逸軍，亞黎則是從包包裡拿出張培斌的資料夾，很快找到了娜筠班導師的資料。

娜筠的班導師名叫白建德，年齡推算起來，他今年也五十八歲了，不過從網路上查到的資料來看，他目前還在娜筠就讀的高中任教，而且在教育界相當活躍，拿過好幾次優良教師獎。

亞黎一開始也看過白建德的筆錄，但沒有特別可疑的地方，更沒想到他可能就是兇手，如果真的是他殺了娜筠，那動機又是什麼？娜筠存那筆錢的原因跟白建德有關嗎？

逸軍在旁邊看亞黎一直在查資料，他越看越心急：「怎麼樣？你們查到什麼了嗎？兇手就是那個老師嗎？」

「等一下，我先打通電話。」

亞黎看了一下手錶，這個時間月珊的直播差不多結束了，她那邊應該會有一些線索。

月珊接起電話後，亞黎把手機開成擴音，並問她還記不記得當時的班導師白建德。

「那個老師喔，說實話，我跟他不是很熟，畢竟我很少去學校嘛。」月珊說：「不過……因為我常翹課的關係，所以他常常找我去辦公室一對一約談，他人是不錯啦，聲音也很溫柔，只是我都懶得理他就是了。」

「所以妳覺得他是好人囉？」亞黎問。

「好人嗎？也不至於啦……」月珊嘿嘿一笑，「我跟其他學生不同，我可是在外面混過一段時間了，那個老師對我的態度雖然很好，但他的言行舉止都給我一種很假的感覺，這種人我在外面看多了，所以他才拿我沒辦法。」

說到這邊，月珊突然驚覺：「等一下，你們怎麼會突然問到這個老師？他跟娜筠的死有關嗎？」

「我們明天會去拜訪那位老師，去了就知道結果了。」

亞黎掛上電話後，逸軍一臉擔心地說：「去了之後……你們有方法讓他坦白嗎？」

「我們有娜筠留給我們的這張王牌，一定有方法的。」

亞黎把照片從桌上拿起來，照片拿在手裡的感覺很輕，背後的真相卻讓人感到沉重，娜筠究竟是抱著怎樣的心情把這張照片藏起來的？難道她早就料到自己會被殺了嗎？

夏娜筠跟魯桂民，這兩名被害者不斷透過各種方式給予自己方向……亞黎知道他離最後的答案只差一步了。

離夜間部學生的放學時間還有十分鐘。

可宸用吸管把咖啡杯裡的最後一口拿鐵喝完，雙眼專注地盯著眼前的高中校門。

坐在她旁邊的亞黎正在用筆記型電腦打字，文件內容是從一開始到現在的所有過程，亞黎正在把這些過程修改成故事大綱，雖然真正的凶手還沒定案，但這並不影響他工作。

再過去坐著的則是逸軍，跟可宸及亞黎比起來，逸軍的情緒就顯得很焦急，他不斷抖腳，手指毫無節奏地在桌面上亂敲，每過幾秒就會拿起手機確認時間。

他們三人正坐在一間便利商店裡，而對面就是娜筠曾就讀的高中。

聽到要來找白建德後，逸軍就執意要跟過來，畢竟白建德可能就是殺害娜筠的兇手，他這個父親不來不行。

不過可宸擔心逸軍的情緒要是激動起來的話會壞事，於是跟他講好，等一下由她跟亞黎進去就好，逸軍在便利商店待命，有需要幫忙的話會馬上聯絡他。

可宸打算等夜間部的學生放學時再混進學校，因為夜間部有許多學生都是社會人士，他們幾乎都穿便服來上課，警衛在晚上的管理也比較鬆散，加上接送家長的人潮掩護，要混進學校並不是難事。

從網路上查到的課表來看，白建德晚上還有課，可宸沒有跟白建德預約見面，而是要直接上門殺個措手不及，人們在面對意外的訪客時總是比較容易露出破綻，之前幾個人的經驗已經證明了這一點。

「好，完成了！」亞黎儲存文件後闔上筆記型電腦，離夜間部的放學時間還有五分鐘，校門口已經停滿了家長接送的車輛。

「你們怎麼能這麼冷靜？你們等一下要去找的可是一個殺人犯耶！」逸軍忍不住說，他心裡已經迫不及待想衝進校門了。

「冷靜一點，在真相大白前，這位白老師只是嫌疑犯而已。」亞黎把電腦收進包包裡，脫離工作狀態後，他的雙手也因為興奮而開始顫抖：「還有，我現在一點也不冷靜，而是開心得快要死掉了，我真的沒想到可以完整參與一件怪談的調查，甚至去抓幕後的真兇，雖然這麼講對你很不好意思，但我真的要感謝娜筠完成了我的夢想！」

此話一出，逸軍看亞黎的眼神瞬間變得有些尷尬，可宸則是已經習慣亞黎這方面的言論了。

「但我還是不懂，為什麼娜筠要去找你們，她可以直接把兇手的名字告訴我啊！還有之前的那個刑警跟記者都得到報應了，她為什麼不直接去找兇手報仇呢？」逸軍問。

「關於這點，其實我剛剛在寫作的時候有很深的感觸……」亞黎拍了一下包包裡的電腦，說：「她這麼做就是想讓真相大白，並洗刷魯桂民的冤屈，讓世人知道他是清白的，但她不能直接把兇手的名字說出來，因為那太沒有說服力了，她要讓大家知道當年是哪裡出了差錯，賴育誠急於立功的慾望、張培斌的財迷心竅、還有王博盈的嫉妒……她需要有人把這些都記錄下來，這個人必須要有異於常人的好奇心跟行動力，報紙販賣機的出現就是想釣到這種人，剛剛好，我就被她釣到了。」

亞黎苦笑了一下，又說：「至於她為什麼不直接找兇手報仇，可能她無法這麼做、或是有其他不能這麼做的理由，這就等我們親自去找出答案了。」

逸軍聽完後一臉困惑，他似乎需要一段時間才能消化亞黎說的話。

這時，可宸拿起咖啡杯丟進垃圾桶，說：「放學時間到了，我們該走了。」

校門口處，參雜著制服跟便服的學生人潮正在湧出，不到一分鐘就把校門路口變成了家長接送的戰場。

「夏先生，請你在這裡等我們，需要任何幫助的話我會馬上通知你。」

跟逸軍交待完後，可宸跟亞黎一起走出便利商店，警衛忙著指揮交通，分身乏術無法再管制進入校園的人，加上人潮的掩護，兩人很快就混進了學校裡。

******

往白建德的辦公室前進時，有不少師生跟兩人擦肩而過，但沒有人朝他們多看一眼，或許是因為時間晚了，連老師們也急著回家了吧。

解謎前・請投幣

根據學校網站的資料，白建德的辦公室位於四樓角落，亞黎跟可宸走上四樓時，雖然燈還是亮的，但教室跟走廊上已經沒有半個人，跟鬧哄哄的一樓相比根本是另一個世界。

來到白建德的辦公室門口後，可宸跟亞黎確認道：「準備好了嗎？」

亞黎點了一下頭，可宸於是在門上敲了兩下，說：「打擾了。」

也不等辦公室裡的人回應，可宸直接就把門打開了。

辦公室裡只剩一名老師，他本來似乎在改考卷，聽到敲門聲後才抬起頭看向門口，而他桌上擺放的名牌正寫著白建德三個字。

在對方做出反應之前，亞黎很快把白建德從頭到腳觀察過一遍，盡可能在交手前多收集一些情報。

白建德跟亞黎印象中的高中老師不一樣，他臉上戴的是走文青風的黑框眼鏡，身上穿的不是古板的西裝褲跟襯衫，而是時髦的毛衣跟牛仔褲，儘管快六十歲了，白建德卻一根白頭髮也沒有，髮型也用髮油整理得很服貼，整個人的打扮看起來比亞黎還年輕，感覺不到一絲老態。

「請問有什麼事情？」白建德的嗓音帶著沉重的磁性，講話的感覺就像一名優雅的紳士。

「白老師你好。」可宸直接走到白建德的辦公桌旁邊，遞上名片說道：「我們是來拜訪你的，有幾個問題想詢問一下。」

「出版社？」白建德看著可宸名片上的頭銜，輕輕皺起了眉頭：「我聽過你們出版社，是出版文學小說的吧？怎麼會來找我呢？還是你們是學生家長？唉呀，抱歉，你們作為家長似乎年紀太輕了。」

「我們確實不是家長，也不是因為工作的關係前來的，我們想問白老師的問題，是關於……」

可宸還沒說完，辦公室外就傳來了敲門聲。

「報、報告。」

「請進。」白建德說完後，一名穿著制服的女學生就緩緩打開了門。

女學生看到亞黎跟可宸後顯得很驚訝，她似乎沒想到辦公室裡還有其他人，因此愣在外面遲遲沒有踏進來。

解謎前・請投幣

亞黎馬上發現女學生的眼神跟表情都不對勁，她的雙手緊捏裙襬，眼神帶著某種恐懼，那是一種害怕跟敬畏兼具的恐懼，彷彿被人支配一般……

「很抱歉，我今天晚上還有學生要輔導。」白建德已經看出兩人是非法混進學校的，於是說道：「既然你們不是家長，也不是來談教育工作的，那我想先請你們離開，可以嗎？或是兩位要我請警衛過來？」

「白老師，請等一下。」亞黎決定直接掀牌，「我們是為了這張照片才來的。」

亞黎把最後的王牌，也就是娜筠藏在房間裡的照片拿出來放到桌上，雙方的立場在瞬間逆轉。

「你還記得夏娜筠這名學生嗎？」亞黎冷冷地問。

白建德低頭看著那張照片，他冷靜地推了一下鼻樑上的眼鏡，轉頭對門口說：「文馨，今天的夜間輔導取消了，妳先回家吧。」

「啊，是……好的！」

女學生像是從地獄解脫，她緊捏著裙襬的手鬆了開來，但直到她關上辦公室的門為止，亞黎都能感受到她眼神中的恐懼。

22

名叫文馨的女學生走出去後，亞黎注意到白建德身後的櫃子裡擺有許多優良教師的獎牌，每個獎牌都印著白建德的名字，像是在陳列某種戰利品。

亞黎朝那些獎牌指了一下，冷冷地說：「其實你根本不配拿這些獎牌吧？」

「這些獎牌是教學單位對我的肯定，我從來沒主動爭取過。」白建德無可奈何地聳了一下肩膀，那態度就像在說，我都拿到了，不然你想怎麼樣？

「不過，要是我把這張照片發給媒體的話，你那些獎牌馬上就會變成廢鐵，你也會在一夕之間身敗名裂吧？」亞黎用手指敲了一下他放在桌上的王牌，說：「我再重複一次剛才的問題，你還記得夏娜筠嗎？」

「當然記得了。」

白建德的聲音沒有任何情緒起伏，彷彿他只是在提起一段普通的回憶：「她是我以前的學生，也是我遇過最傻、最勇敢的學生，只可惜她沒辦法順利畢業。」

「你還記得她發生了什麼事嗎？」亞黎問。

「當然，她被一個低學歷的工人殺死了，確實是件悲劇，不過兇手在不久前伏法了，真是大快人心不是嗎？」

白建德雙眼下垂，擺出一副哀傷的表情，儘管他的嗓音一直維持著柔和跟磁性，但聽在亞黎耳裡他的每字每句都帶著刺，像這樣的人是最可怕的。

是你殺了夏娜筠嗎？亞黎想直接這麼問，但不行，現在還不是時候，對手還沒露出破綻。

但亞黎知道快了，這裡就是終點了，娜筠之前做了這麼多、給了他們這麼多提示，就是為了讓亞黎來到這裡，並揭開白建德這個狼師的真面目。

兇手就是眼前這個人，絕對不會錯。

亞黎的心跳加快，呼吸節奏也開始變得急促，可宸察覺到亞黎內心的波動，她怕亞黎會控制不住情緒，於是伸手將亞黎輕輕往後拉，接過話題問道：「這張照片裡的人，是你嗎？」

「是我沒錯。」白建德很快承認了，他知道否認沒有意義，畢竟證據就在眼前。

可宸接著指向照片裡那名衣衫不整、背對鏡頭的女學生，又問：「那麼……旁邊的這名女孩，是娜筠嗎？」

「你們覺得那是她？」白建德神祕地笑了一下，說：「我可以肯定地告訴你們，那不是夏娜筠，她沒有留過那種髮型，不過照片裡的女孩跟娜筠一樣，都是又傻又天真的孩子，不然怎麼會需要我的輔導呢？呵呵……」

白建德最後的冷笑讓可宸不寒而慄，因為他剛才的幾句話等於承認了他的狼師行為，除了娜筠之外，他還對其他脆弱的女學生下手，加上剛才那名女學生文馨對夜間輔導的恐懼……不管白建德私底下在做什麼邪惡勾當，他從二十二年前就一直做到現在了。

可宸本來以為白建德不會這麼輕易開口，沒想到他這麼爽快就承認了，他到底在打什麼主意？

這時，白建德突然從座位上站了起來，亞黎馬上把他攔住：「你想幹嘛？」

「我去一下廁所。」白建德伸了個懶腰，說：「你們這些不速之客突然來問我話，我已經很配合你們了，不過你們沒有權力限制我的人身自由吧？」

可宸把亞黎的手壓下來，安撫著說：「沒關係，讓他去吧。」

亞黎不甘心地等白建德走出辦公室後，才跟可宸說：「我去廁所監視他，免得他落跑。」

「沒關係，他的手機跟車鑰匙都留在桌上，應該不會跑掉。」可宸另有想法，她繼續說：「現在還來得及，你去追那個叫文馨的女學生，她應該還沒走出校門，說不定她會願意開口，把照片也帶過去，記得跟她說我們是站在她這一邊的。」

可宸把照片拿起來塞到亞黎手上，說：「別擔心，我跟你一樣覺得白建德就是兇手，我會留在這裡等他回來、然後繼續套他的話，就交給我吧。」

亞黎想了一下，這方面交給可宸確實比較保險，於是他很快把照片塞進口袋，用跑的離開了辦公室。

*****

跑步下樓後，亞黎終於在一樓穿堂追到了文馨。

「同學，請等一下！」

文馨聽到亞黎的聲音後回過頭來，亞黎這時注意到警衛已經結束交通管制正要走回校園，亞黎趕緊一個箭步上前把文馨拉到穿堂角落，不讓警衛發現。

文馨睜大眼睛看著亞黎，雖然她一句話都沒說，但表情看起來像是快嚇壞了。

「噓，不要怕，我是來幫妳的。」亞黎盡可能用溫柔的語氣來安撫文馨，深怕她一大叫就會把警衛吸引過來，「那個老師是不是對妳做了不該做的事？妳可以告訴我沒關係，我是站在妳這一邊的。」

文馨還是沒有說話，受到驚嚇的臉幾乎要哭出來了。

「聽我說，我們有證據，妳看。」亞黎把照片從口袋拿出來給文馨看，說：「妳並不孤獨，他從很久以前就在做這種事了，妳的學姐正在幫我們逮到這個壞蛋，但我們也需要妳的幫忙，可以嗎？」

本來淚眼汪汪的文馨現在真的哭出來了，這下換亞黎想不通了，自己講話真的有這麼可怕嗎？

這時，文馨緩緩將手舉起來指向亞黎身後，聲音顫抖著說：「你後面……有人……」

這句話敲響了亞黎的警鐘，是警衛嗎？還是白建德不想讓他跟文馨接觸，所以從背後伏擊他？

亞黎迅速轉頭，眼前看到的卻是他意想不到的人。

穿著水藍色校服、全身血跡斑斑的娜筠就站在亞黎面前。

娜筠高舉右手指向樓上，她一臉著急，似乎有什麼重要的訊息要傳達給亞黎。

亞黎很快反應過來，問：「是可宸？」

娜筠連續點了好幾下頭，亞黎這時已無心顧及文馨，拔腿快步朝樓梯跑去。

*****

回到白建德的辦公室一看，不只白建德沒回來，可宸也不在辦公室裡。

亞黎拿出手機打給可宸，手機鈴聲卻從白建德的桌上響起，只見可宸的手機被留在桌上，白建德的手機跟車鑰匙反而不見了。

文馨也跟著亞黎回到辦公室，但她不敢進來，只是待在門口膽怯地看著。

亞黎換打電話給在便利商店待命的逸軍，問他有沒有看到可宸走出去。

「沒看到她啊。」逸軍說。

「那有看到白建德的車開出去嗎？」

「我一直盯著校門口，也沒看到他的車出來。」逸軍說，在來這裡之前他們已經確認過白建德的車牌跟車款了。

亞黎稍微鬆了一口氣，不管白建德跟可宸去了哪裡，至少他們還在學校裡。

亞黎把可宸不見的事情告訴逸軍後，逸軍緊張地說：「那怎麼辦？要不要報警啊？」

「先不要，如果可宸真的是被白建德帶走的話，那我們就不能輕舉妄動，我在學校裡找看看，你繼續盯住校門口。」

亞黎掛掉電話後，手機鈴聲又響了起來，但響的不是他的手機，而是留在辦公桌上的，可宸的手機。

拿起可宸的手機一看，是一支陌生號碼來電，在這個時刻打來？亞黎知道絕不是巧合。

「喂？」亞黎接起電話。

「想再見到你同事嗎？」白建德的聲音在電話另一頭響起。

「別亂跑，留在學校裡照我的話做，我就不會傷害她。」

「果然就是你吧？」

對方都在眼前亮刀了，亞黎也直接挑明地說：「就是你殺了娜筠吧？」

「我不會承認你還沒查證的事情，」白建德的聲音聽起來沒有威脅性，彷彿他只是在跟學生溝通，而不是在跟亞黎談條件：「但你手上那張照片確實會對我造成傷害，把照片交給我，我就把你同事平安還給你，公平交易。」

「這算什麼交易，你根本在搶劫。」亞黎抗議。

白建德沒有理會亞黎的抗議，既然可宸在他手裡，不管多無理的要求亞黎都會答應的，他很清楚這一點。

「聽好了，你等一下把辦公室的燈關掉，然後待在裡面不要動，警衛晚點會上來巡邏，他看到燈是關的之後就會走了，等學校都沒人後我會打電話給你，你再從辦公室出來到我指定的地方進行交易。」白建德從容不迫地說著，彷彿這些計畫是他早就準備好的。

「當然，你也可以試著報警，但我醜話說在前頭，校門口的動靜我一清二楚，只要有疑似警察的人走進校園，你就永遠找不到我了，不過你還是能找到你同事的屍體就是了。」

白建德講完最後一個字後，電話很快就被掛斷，亞黎這邊完全處於劣勢，只有聽從指令的分。

「媽的！」亞黎差點就把可宸的手機砸到地上，還好他在最後一刻忍住了，若他還想救回可宸，就只能靠這支手機了。

恢復冷靜後，亞黎把手機放回桌上，同時感覺到旁邊有兩道視線正在看他。

其中一道視線來自門口的文馨，她似乎想幫亞黎，卻又怕掃到颱風尾，所以只敢躲在門板後面偷看。

另外一道視線來自亞黎身後，亞黎轉過身去，看到穿著水藍色制服的娜筠就站在他面前。

亞黎瞪著娜筠，冰冷問道：「妳為什麼不阻止他？」

跟一開始相比，亞黎看待這件事的心態已經完全不同了，在調查其他怪談事件的時候，不管過程有多累，亞黎都是感到開心的，因為在那些事件中他只是外人，但這次不一樣，他們已經被拉進事件中心，可宸甚至有生命危險，他不能再用調查取材的角度來看待這件事了。

「之前的那幾個人……妳不是直接懲罰他們了嗎？為什麼妳這次不這麼做？」亞黎努力控制自己的情緒，不讓憤怒把理智淹沒，「妳帶我們找到白建德，我知道他就是兇手，我答應妳，我會把這些都寫出來，這不就是妳的目的嗎？」

面對亞黎的質問，娜筠緩緩搖了一下頭，像是在說：「這樣還不夠。」

娜筠伸出右手，對白建德櫃子裡的那些優良教師獎牌畫了一個大大的叉。

亞黎愣了一下，但他很快看懂了娜筠的意思。

白建德跟賴育誠、張培斌、王博盈不一樣，只靠私刑是無法懲罰他的，娜筠要白建德澈底身敗名裂。

白建德必須向社會大眾親口承認自己犯下的罪，這樣才能還魯桂民清白，如果只是單方面的制裁，社會大眾根本不知道真相，魯桂民也會繼續扛下殺人兇手的罪名。

所以娜筠才需要亞黎幫忙，他必須讓白建德坦白自己的罪行。

「如果不幫妳，妳就不幫我救可宸是吧？」亞黎有些不甘心，沒想到自己竟變成了娜筠的棋子，「但我還是不懂，妳當時為何要去找月珊？為什麼需要那麼多錢？這跟白建德殺害妳的動機有關嗎？」

亞黎以為娜筠也會用記號來回答，沒想到娜筠卻做了一個他預料之外的動作。

娜筠轉過頭，視線筆直地朝文馨看去。

在娜筠的注視之下，文馨嚇到不敢動彈，全身像人形立牌一樣僵在原地。

是因為文馨？不可能，案發時文馨根本還沒出生……亞黎開始思考，難道娜筠想表達的並不是文馨，而是文馨的身分嗎？

「是學妹嗎？」亞黎說，「妳是為了保護她們才這麼做的？」

娜筠點點頭，代表亞黎的猜想是正確的。

娜筠接著走到文馨面前，她的眼神沒有敵意，而是帶著滿滿的不捨跟心痛，她知道文馨身上發生了什麼事，因為同樣的事情二十二年前也發生在她身上，她正是為了阻止這一切才回來的……

直到娜筠走出辦公室，身影徹底消失之後，文馨才像重新活過來般，吸進一大口氣問道：「剛才那位學姊……是鬼嗎？」

＊＊＊＊＊

按照白建德的指示把辦公室的燈關掉之後，亞黎跟文馨一起背對著辦公桌坐在地上，就算警衛用手電筒往裡面照也看不到他們。

在等警衛巡邏結束的這段時間裡，亞黎把娜筠的事情都告訴了文馨。

亞黎相信文馨是站在他這一邊的，正是因為想反抗白建德，文馨才會留在這裡，不然她早就逃走了。

加上白建德在剛才的電話裡並沒有提到文馨，代表他不知道文馨還留在學校，這對亞黎來說是可以利用的優勢，文馨現在等於是亞黎手上的祕密武器。

聽完娜筠的事情後，文馨低著頭說：「我想，那位學姊一定跟我一樣，只能夠聽白老師的話，不然就會被處罰……」

「他對妳做了什麼？」

亞黎不想侵犯到文馨的隱私，因此把話語權交給文馨，自己則是默默聆聽著。

白建德的手法就跟大多數狼師一樣，利用獨特的幽默感來跟學生保持親近，當女學生陷入感情低潮、或家庭發生糾紛時，他就會假借輔導的名義，伸手進入女學生的內心世界，將她們的缺陷澈底掌握、當成自己的玩物。

「白老師他……他把那種事情當成一場教學遊戲，他會教我各種不同的技巧，要我主動娛樂他，還會把這些東西設計成考試，每次都要打分數，要是不及格的話，他就會用可怕的遊戲懲罰我……」

可怕的遊戲是指什麼？文馨沒有說出來，基於尊重，亞黎也不方便詢問，不過至少解答了一個疑問，那就是娜筠在ＫＴＶ娛樂男人的那些技巧，原來就是白建德教會她的。

文馨抬起頭來，她雙眼泛滿眼淚，整張臉哭得紅通通的，這想必是她第一次跟別人坦白這些事情吧。

「不用怕，現在有我、還有妳那位學姊在，我們會幫妳的。」

亞黎輕輕將手搭在文馨的肩膀上，他本來擔心文馨會抗拒，還好文馨沒有做出類似的反應。

但文馨接下來說的話，卻對亞黎造成了新一波的衝擊。

「真正可怕的不是白老師……還有跟他在一起的那些人。」

文馨擦掉眼淚，心有餘悸地說：「白老師拍下我們的影片跟照片，不只是為了自己取樂而已……他還會透過他口中的黑道賣出去，要是不聽他的話，黑道就會來找我，還有我的家人。」

亞黎明白了，原來如此，是這種手法呀，自己當白臉，黑臉就交給虛構的黑道來擔任。

「白老師有讓我看過幾張可怕的照片，說不服從他的話就會變成那樣……」文馨的身體開始顫抖，看來她對白建德說的深信不疑，就算白建德給她看的只是網路上的屍體照片，對她來說也是很嚴重的威脅了。

文馨打從心底恐懼白建德，就算白建德人不在現場，文馨還是會稱他「白老師」，這就是白建德的恐怖之處。

亞黎正要跟文馨解釋白建德說的一切都是謊言，可宸的手機卻在這時響了起來。

「是我。」亞黎接起電話。

「十分鐘後到學校北側的體育館，我跟你同事在二樓大堂等你。」白建德下完指示就掛斷了電話。

「北側的體育館？」文馨也聽到了電話內容，她擔心地說：「那棟體育館還在整建，整棟建築物都沒有電，也沒有監視器，很危險！」

「那正是他想要的，不管裡面發生什麼事，外面的人都不會知道。」

亞黎放下電話，就算知道這是陷阱，他也沒有選擇的餘地。

「我一定要去救我同事。」亞黎看向文馨，說：「但我需要妳的幫忙，這也是妳脫離那個惡魔掌控的唯一機會。」

亞黎從辦公室走出來時，整間學校走廊跟教室的燈都熄滅了，只剩緊急逃生口的綠色燈號還亮著，讓陰森詭異的氣氛來到頂點。

若不是可宸現在身陷險境，亞黎其實很享受這樣的氛圍，根本就是校園怪談的絕佳舞台，但現在的優先任務是救出可宸，亞黎只能拋下眼前的風景、快步趕往樓下。

來到一樓的時候，亞黎偷偷看了一下警衛室，只見警衛目不轉睛地盯著電視裡的連續劇，看來白建德很清楚這名警衛的習性，不管接下來校園裡發生什麼事，這名警衛都不會輕易從電視前面離開。

「北側的體育館……是那一棟嗎？」

體育館在校園內是很顯眼的建築，穿越操場就到了。

因為正在整建的關係，體育館外堆著許多施工的材料跟器材，本應禁止學生進入的門口現在卻大大敞開著。

亞黎走進體育館內，裡面因為沒有光源的關係一片漆黑，打開手機的手電筒又會讓自己過於暴露，於是亞黎花了一點時間讓眼睛適應黑暗後才繼續往前走。

走上樓梯來到二樓大堂，出現在亞黎眼前的是一大片室內籃球場，三樓則是加高的觀眾席，整個空間採用傳統禮堂的設計，因此可以在籃球場底端隱約看到一個演講用的舞台。

雖然這裡乍看沒有其他人，但亞黎知道白建德就躲在某處。

亞黎走到籃球場中央，大聲說道：「我照你說的來了，人呢？」

黑暗中傳來某種聲響，像是可宸發出的聲音，但聽起來模糊不清，無法分辨她在說什麼。

突然，一道刺眼的燈光從舞台上亮起，有人用手電筒直接照向亞黎的臉部，亞黎用手掌將眼睛遮住，透過手指間的縫隙，亞黎看到舞台上站著兩個人影，其中一個拿手電筒的人想必就是白建德，另一個人應該就是可宸了，但可宸的身影不太對勁，她似乎站在什麼東西上面，看起來比平常高了一倍。

「感謝你依約前來。」拿手電筒的人說，果然是白建德的聲音：「現在，為了你同事的安全著想，請你照我說的話做。」

白建德將燈光照到可宸身上，亞黎才看到可宸現在身處的險境。

可宸站在一張摺疊椅上，她的雙手被反綁，嘴巴也被膠帶貼住，真正可怕的是可宸脖子上還套著一條繩圈，繩索頂端連接到舞台上方的支架，只要白建德把折疊椅踢掉，可宸就會被吊死。

稍微讓亞黎感到欣慰的是可宸的眼神，儘管命懸一線，可宸看起來並沒有驚慌失措，而是凶狠地瞪著一旁的白建德，眼神彷彿在說：「等老娘被救下來，你這個人渣就死定了。」

對嘛，這才是我認識的可宸，亞黎心想。

「請把你的手機，還有這位小姐的手機都拿出來放到地上，然後走向你右手邊的籃球架，那裡有一副手銬，請把自己銬在籃球架上，這樣我就不會傷害你同事。」白建德繼續給予亞黎指示，亞黎只能聽話照做。

把可宸跟自己的手機都放到地上後，亞黎走到右邊的籃球架下方，果然有一副手銬，可能是白建德懲罰女學生時使用的道具吧，亞黎一想到這點就覺得噁心。

白建德把手電筒照到亞黎臉上，警告道：「別裝模作樣，銬好之後把手舉起來讓我看到。」

亞黎把手銬銬在右手上發出「喀」一聲，舉起來讓白建德看後，白建德才把手電筒從亞黎臉上移開。

「謝謝配合，那張照片你也有帶在身上吧？」

「有差嗎？反正不管怎樣，你都打算要除掉我們吧？」亞黎把被銬住的手放下來，說：「就算你拿回這張照片，你也無法確定我們有沒有備分，你不可能留下後患，所以會一口氣在這裡殺掉我們，再透過我們的手機跟通訊紀錄，一一把可能握有證據的人殺掉。」

「喔，原來早就被你猜到了嗎？」白建德裝模作樣地開始鼓掌，說：「那我真是佩服你，明知道這是陷阱卻還來赴約。」

「沒辦法，我沒辦法拋下唯一能忍受我的編輯。」亞黎看向可宸，可宸則是瞪了亞黎一眼。

「反正都要死了，在死掉之前，你可以聽聽看我對於二十二年前案件的猜測嗎？」

亞黎說。

不等白建德做出回覆，亞黎就繼續說了下去：「對於你的狼師行徑，我想我不用多加解釋你也心知肚明，那些飽受傷痛的女學生對你來說就像玩具一樣，你假裝想輔導她們，實際上是把她們推向另一個地獄……二十二年前，夏娜筠就是你的其中一個玩具，不過她跟其他玩具不一樣，她是第一個會反抗你的玩具，對吧？」

白建德沒有作聲，他將雙手抱在胸口，臉上泛著微笑聆聽著，他似乎很好奇亞黎接下來會說出什麼內容。

「你以夏娜筠的父親家暴為藉口接近她、輔導她，然後對她下手，但是有一天她開始反抗，想脫離你的掌控……那張照片應該就是她偷拍下來，準備跟你對抗的武器吧？」

亞黎想起娜筠在辦公室裡看著文馨的眼神，那是想要保護學妹的堅強眼神。

「她為了保護學妹才把照片藏起來沒有公布，她知道你有對其他學妹下手，要是她公布照片，那些學妹的不雅照片跟影片也會被你曝光，學妹們的人生就毀了……所以她跟你談成條件，用一筆錢買回學妹們的照片影片，但那筆金額是娜筠無法負荷的，所以她才會找上月珊幫忙籌錢。」

白建德邊聽邊開始點頭，是默認了嗎？亞黎不管，繼續講下去：「但你還是因此感到憤怒，竟然有玩具想要反抗主人，這是你的自尊心無法接受的，加上娜筠跟她的客人魯桂民產生了情愫，你無法忍受自己的玩具被別人染指吧？所以你一直等待機會，最後終於選擇在二十二年前的那個晚上埋伏在ＫＴＶ門口，下手殺害娜筠並嫁禍給魯桂民，一口氣除掉兩個心頭大恨。」

一口氣說完後，亞黎觀察著白建德的反應，冷靜問道：「對於我以上的推測，你願意承認嗎？」

白建德嘆氣搖了搖頭，那模樣看起來就像在對成績考差的學生表露失望。

「一開始我就說過了吧？我不會承認沒查證過的事情。」白建德突然將眼神瞥向樓梯口的角落，說：「特別是有學生在場的時候……文馨，妳說對不對？」

糟了，亞黎在心裡暗喊。

「出來吧，文馨，老師已經發現妳囉。」白建德臉上露出惡意的笑容。

一個穿制服的身影從樓梯口的角落顫抖著走出來，正是文馨。

解謎前・請投幣

「笨蛋，別出來！」亞黎叫道。

文馨把手機拿在胸前，螢幕上的亮光顯示手機正處於錄影模式，剛才發生的一切都被記錄下來了，雖然白建德沒有承認是他殺了娜筠，但光是現在錄到的畫面就足以讓他身敗名裂了。

「文馨，把手機拿過來給老師。」像是邀請文馨上台般，白建德朝文馨勾著手指，說：「別怕，這裡有老師在，不會有事的。」

「不能給他！」亞黎大喊道：「別再被他騙了，記得嗎？妳已經決定不再當他的玩具了！」

「文馨，是誰在妳被全班排擠的時候，一直陪在妳身邊的？在妳想自殺的時候，唯一關心妳的是誰？是老師對不對？」白建德掛上虛偽到令人想吐的友善面具，溫柔勸道：「聽話，老師不會害妳的，把手機拿給老師。」

「別聽他的，快逃！不然妳也會跟妳學姊一樣被殺掉！」

「學姊……」

文馨像是突然清醒過來般，睜大眼睛看向亞黎。

「發什麼呆，快逃啊！」亞黎拼命朝樓梯口揮手。

文馨大力點了一下頭，轉身跑回樓梯口。

「啐！」白建德卸下偽裝，他的聲音從溫情變得冰冷，顯露出他的殺手本性：「看來還是要先把你們解決掉才行。」

白建德的腳往旁邊一踹，直接把可宸腳下的椅子踢掉。

「嗚！」

可宸發出含糊不清的叫聲，繩圈瞬間緊勒住她的脖子，她全身就像被撈上岸的魚那樣奮力晃動，但仍無法阻止死亡的接近。

「可宸！」亞黎想衝上舞台，但除非能掙脫手銬，不然他根本無能為力。

白建德身手矯健地從台上跳下來，他很快穿越籃球場、跑進樓梯口去追文馨，經過亞黎身邊時，他冷冷留下一句：「等我回來再幫你同事收屍，別擔心，你很快就會跟她見面的。」

白建德的身影從樓梯口消失後，亞黎仍無法掙脫手銬的束縛，就算已經用力到破皮流血脫臼了，手掌還是卡在手銬裡拔不出來。

可宸身體在空中的掙扎越來越微弱，亞黎閉上眼睛不敢再看，他無法接受可宸在自己眼前死去。

突然，一道亮光在黑暗中像太陽般閃耀，透過眼皮刺激著亞黎的眼睛。

是手電筒的燈光嗎？白建德這麼快就回來了？

亞黎慢慢睜開眼睛，發現亮光是從舞台上亮起的。

但那不是手電筒的燈光，而是四方形的、朝經過的每個人照耀的亮光。

那是自動販賣機的亮光。

25

門口就在前面了！

文馨邁開步伐，在陰暗的體育館一樓奔跑著。

只要逃出去到安全的地方，把剛才拍到的影片交給警察就可以了，這樣一來大家就會知道老師對她做了什麼……

沒錯，被同學霸凌確實很痛苦，那些欺負她的學生不只成績好，也很會拍老師的馬屁，為了保住資優班的頭銜，班導師總是對那些人的惡行視而不見，就算那些人直接把垃圾倒在文馨桌上，班導師也只會冷冷地叫文馨自己清乾淨，他恨不得文馨快點轉學，不要再留在班上拉低平均成績了。

文馨無法跟家裡求救，因為她的父母跟班導師都是同一種人，他們只會用成績來論定一個人的價值，想擺脫霸凌？那就考好一點，爬到那些人的頭上啊！他們只會給出這種建議，而不去理會文馨的求救信號。

一天晚上，文馨獨自留在放學後的教室裡打算自殺，這時白建德出現了。

曾經，文馨以為白建德是來拯救她的王子，因為只有白建德願意陪伴她、聽她訴苦，並跟班導師溝通霸凌的問題，沒想到這一切只是白建德為了將她帶去另一個地獄所鋪的路。

直到文馨加入白建德安排的「夜間輔導」，她才看到了白建德的真面目。

「老師跟那些同學講過了，他們以後不會再欺負妳了。」

「之後有不懂的都可以來找老師。」

解謎前‧請投幣

「相信老師就對了，老師不會害妳的。」

「現在換妳幫老師的忙了。」

「妳要知道，是老師救了妳喔！」

「還是妳想回到之前的樣子，被大家欺負呢？」

發生第一次關係的那一刻，文馨懂了。

霸凌她的同學、以及成績至上的班導跟父母，他們固然可惡，但白建德對她做的事才是最可怕的……

*****

快到了！

繞過最後一個轉角後，敞開的體育館大門就在眼前。

文馨信心十足地加大腳步，離自由只差最後一段路了。

突然從門口旁出現的高大人影阻斷了文馨的希望，那人影「碰」一聲用力關上大門，接著轉頭瞪視文馨。

「文馨，不可以喔。」

人影正是白建德，他從施工用的緊急樓梯跑下來，才能搶先一步趕到門口，雖然耗掉不少體力，但白建德沒有露出一絲疲態，中氣十足的喘氣聲就像一頭野獸，文馨能明顯感受到白建德身上散發出來的憤怒跟殺氣。

「妳不聽老師的話了嗎？這樣不行喔。」

白建德從地上撿起施工用的鐵條，再把鐵條塞進門把裡，把大門完全封死，以文馨的力氣根本無法把鐵條抽出來。

「這樣就好了，」白建德露出冷冽的殘酷笑容，說：「來，回到老師身邊吧。」

白建德的冷笑讓文馨全身不寒而慄，一個可怕的預感直接浮現。

會死。

自己會跟那位學姊一樣，被老師殺死。

文馨轉身就跑。

「文馨，妳要去哪裡啊？」

解謎前・請投幣

白建德沒有馬上追過去，因為他知道文馨是逃不掉的，體育館唯一的出口已經被他封住，樓上的那兩個人一個在等死，另一個則是差不多已經死了，幫不了她。

麻煩的是文馨手上的手機，要是她打電話報警怎麼辦？

沒關係，只要抓到文馨，再叫她打給警察解釋是誤報就好了，被自己調教過的學生，最後一定都會服從命令的，只是差在要用什麼手法讓她們聽話而已。

「文馨，妳為什麼要躲老師呢？」

文馨的腳步聲消失在一樓，看來她已經找地方躲起來了，不過沒關係，白建德早就探索過體育館的環境，體育館一樓幾乎都是辦公空間，辦公用的桌椅還沒搬進來，一開門就能看到裡面有沒有躲人，找到她是遲早的事。

「文馨，這樣不可以喔。」

白建德又從地上撿起一根鐵條，不慌不忙地邁開腳步前進，他刻意加重腳步讓文馨聽見，只要把她的恐懼逼到極限，她搞不好就會自己出來了。

「再這樣下去，妳會變得跟那個學姊一樣，老師不想看到妳也變成那樣，所以快點出來，好不好？」

白建德一邊說著，一邊把一樓的辦公室逐間打開，但文馨都不在裡面。

既然如此，她能躲的地方只剩一個了……白建德來到女廁門口，磁磚上果然留有新的鞋印，小女生就是小女生，以為躲在這種地方就安全了？

「妳那個學姊太笨了，老師明明是來幫妳們的……」

白建德走進女廁，眾多的女廁隔間中，只有最後一間的門是關上的。

「老師在外面有很多學生，也有很多資源能幫妳們，只要聽老師的話，不管讀大學或找工作，都能讓妳一帆風順。」

白建德來到最後一間隔間前方，輕輕敲了一下門說：「所以說，在老師後悔之前，妳快點出來好不好？不用怕，老師會跟之前一樣，一直站在妳這邊的。」

門後沒有回應，但白建德已經聽到了，文馨在門後顫抖的呼吸聲。

「既然妳不想再聽話，那就別怪老師處罰妳了！」

白建德舉起鐵管朝門鎖打去，門鎖應聲破裂掉到地上，白建德用力把門推開，果然看到文馨蜷曲著身子躲在角落。

裂開的門鎖碎片飛到文馨臉上，文馨卻不尖叫也不抵抗，只是睜大眼睛看著白建德，她的精神似乎已被恐懼壓迫至臨界點。

就算白建德抓住文馨的雙腿把她從隔間裡拖出來，文馨還是沒有任何反應，任由白建德對她上下其手。

「手機呢？把手機交給老師！」白建德把手伸進文馨的口袋裡找手機，以防萬一，他也把手伸進文馨的內衣裡檢查，整個動作行雲流水，畢竟他不是第一次摸了。

不管是口袋或內衣，白建德都找不到文馨的手機，不過白建德注意到，文馨被搜身的時候一直抬頭看向天花板。

藏在上面嗎？白建德順著文馨的眼神抬頭一看，果然發現有一塊塑膠天花板被移動過並露出了縫隙，縫隙中可以清楚看到手機鏡頭發出的反光。

「還在錄影嗎？真是的……妳知道這些影片會對老師造成多大的困擾嗎？」白建德爬上垃圾桶把手機從天花板拿下來。

這時，文馨淡淡地說了一句話。

「不是錄影，是直播。」

直播，這兩個字讓白建德的腦袋發出啪嚓一聲，似乎有什麼東西因此破裂，他將手機翻到正面，只見螢幕上是臉書爆料社團的直播畫面，有數千人正在觀看。

白建德的臉一入鏡，網友的留言馬上在螢幕上刷了起來。

「原來正臉長這樣喔？」

「竟然這樣摸學生！禽獸不如！」

「我認得他，他是我們學校的老師！」

白建德腦袋一片空白，自己剛剛說的話，還有對文馨做的事情，全被這麼多人看到了嗎？

難怪文馨會放棄抵抗，因為她知道，等直播的手機被發現後，白建德絕不可能放過她了。

白建德把手機砸到地上用腳一踩再踩，直到將手機徹底踩成碎片才罷休。

「妳知道這樣做會有什麼下場嗎？」

此刻的白建德已經完全卸下教師的假面，他的口鼻發出野獸般的喘息，眼神滿溢著人類最原始的殺意。

「我知道。」文馨點頭，她早已認清事實，比起繼續被控制玩弄，死亡的結局可能還好一點。

「妳跟夏娜筠一樣，都壞掉了……」

白建德舉起鐵管，瞄準文馨的臉孔。

玩壞的玩具就該被主人親手摧毀掉，這是理所當然的。

就在白建德即將揮下鐵管的那一刻，女廁門口傳來了另一個聲音。

「喂，人渣。」

跟聲音一起出現的，還有一道奇特溫暖的燈光。

燈光從門口照入，將陰暗廁所的每個角落都照亮了。

突然出現的燈光雖亮，但並不刺眼，白建德可以清楚看到燈光是從一台方形的機器那裡散發出來的。

自動販賣機？怎麼會出現在廁所門口？

「快過來。」門口又有另一個聲音說道。

聽到這個聲音，文馨像抓到浮木一樣馬上朝門口爬過去，一個蹲下來的人影在門口處將文馨抱入懷裡，不再讓她受到傷害。

白建德眨了眨眼睛，這才分辨出站在門口的人分別是誰。

蹲在地上抱住文馨的是那個女編輯，可宸。

還有一個人站在販賣機旁邊，是那個男作家，亞黎。

「你們是怎麼……」白建德驚訝地看著可宸，「妳現在應該已經……」

死了，白建德沒把最後兩個字說出口。

「是娜筠救了我們。」亞黎說，他用不捨的眼神看著可宸懷裡的文馨，說：「文馨，做得好，現在大家都知道這傢伙的真面目了。」

白建德無法理解亞黎的話，原來這是亞黎早就計劃好的嗎？那台突然出現的自動販賣機又是怎麼回事？

亞黎輕輕敲了一下販賣機，朝白建德問道：「你認得這台機器嗎？」

看著那台販賣機，白建德感到心裡一陣刺痛，就像是過去的瘡疤被外人揭開來般，沒錯，他看過那台報紙販賣機，就在二十二年前的那個晚上……

「娜筠選擇用報紙販賣機讓我們找到你是有原因的，因為一切都發生在這台機器前面。」亞黎繼續說：「二十二年前，這台販賣機是她跟魯桂民相約見面的地方，她在這裡跟好友決裂，最後，你在這台機器前面把娜筠擄走並殺害……現在這台機器也將決定你的結局。」

「你又懂什麼了？」白建德緊握住手上的鐵管，怒喝：「我是在救她，要不是我陪在她身邊，娜筠早就因為那個爛父親的家暴而跑去自殺了！」

「你對她做的事情比家暴有好到哪去嗎？而且逸軍這二十二年來一直在後悔自己對娜筠做的事情，而你呢？竟然還在傷害其他學生。」亞黎越說越憤慨，他現在就想上去把白建德痛毆一頓，但他知道如何處理白建德並不是他能決定的。

亞黎嘆了一口氣，從口袋中拿出一個東西拋向白建德。

白建德用空著的左手接住亞黎拋來的東西，是一枚十元硬幣。

「這台販賣機裡的報紙頭版就是你的結局，你自己選要哪一個吧。」

聽亞黎這樣一說後，白建德這才仔細看向販賣機櫥窗後擺放的每一份報紙，報紙上印的日期是明後幾天，而頭版的主角都是他自己。

「女學生網路直播狼師行為，引起全國公憤。」

「高中狼師長期權勢性侵女學生，警方介入調查。」

「績優教師竟是狼師，教育局宣布永不錄用。」

「二十二年女學生命案浮現疑點，學者呼籲重啟調查。」

文馨的直播已經把真相散布出去了，眼前的報紙成真只是遲早的事情。

問題是，白建德要選擇哪一種結局？要自首？還是選擇被警方逮捕？

「……不對。」白建德看著那些讓他身敗名裂的頭版報導，咬牙切齒、猛力搖著頭說：「才不是……我的結局不該是這些！」

白建德將硬幣扔到地上，舉起右手的鐵管直接朝亞黎揮去。

亞黎也料到白建德會有這一步，所以做好了防禦的準備，但白建德的這一下鐵管卻遲遲沒有揮下來。

白建德的鐵管停頓在半空中，因為廁所裡突然多了一個人阻擋在他跟亞黎之間。

那人不是別人，正是穿著校服的夏娜筠。

解謎前・請投幣

娜筠背對著白建德而站，她面露微笑看著亞黎跟可宸，就像在對兩人說：「你們這一路辛苦了。」

下一秒，娜筠別過頭去瞪著白建德，眼神中除了恨意之外，更多的是憐憫跟嘆息。

「娜筠，是妳，真的是妳……」白建德放下手上的鐵管，用溫情的語氣說道：「老師好想妳……一直好想妳，妳一樣會聽老師的話，對不對？」

亞黎不得不承認，白建德的磁性嗓音真的很好聽，難怪有那麼多學生會被他迷惑。

但是娜筠不會再被騙第二次了。

「老師，對不起，我不想再當聽話的學生了。」

娜筠話剛說完，她的手就朝報紙販賣機按了下去。

啪嗒一聲，一份報紙掉了下來。

那份報紙沒有出現在展示的櫥窗裡，它的頭版寫著：「遲來的正義！狼師畏罪自殺。」

這是娜筠幫白建德選好的、唯一的結局。

白建德卸下溫情的假面，發出抓狂的叫聲，拿起鐵管朝娜筠打下去。

接下來發生了什麼事，亞黎並沒有看到。

因為廁所門口的拉門同時碰一聲被用力關上，阻隔了兩個空間。

娜筠應該是不想讓文馨看到接下來發生的事情才這麼做的吧。

門後傳來白建德瘋狂的慘叫與接連不斷的撞擊聲，他似乎在裡面跟什麼東西搏鬥。

文馨在可宸懷裡瑟瑟發抖，亞黎則是猶豫著該不該開門查看。

等聲音平息後，亞黎注意到有一抹鮮血從底下的門縫中流出來。

「妳先把文馨帶出去，順便報警。」亞黎趕緊跟可宸說。

「要叫救護車嗎？」可宸問。

門縫底下流出的鮮血越來越多，一發不可收拾，亞黎大概知道裡面發生了什麼事：

「我想不用了……」

等可宸把文馨帶到體育館外面後，亞黎才把廁所的門拉開來。

儘管已經有心理準備了，但看到裡面的畫面時，亞黎還是受到了衝擊。

白建德上半身趴在洗手台上，水龍頭上的鏡子幾乎完全破碎，白建德的頭部就跟飛濺在地上的鏡片一樣，只能用支離破碎來形容。

白建德睜大的雙眼就瞪著門口，他似乎到死都不相信自己的下場竟然如此悲慘。

＊＊＊＊＊

警察來到學校後，他們把可宸、亞黎跟文馨帶回警局，並讓他們各自做了筆錄。

「不要怕，把所有發生的事情都說出來，不要對警方有所隱瞞。」

警察快來的時候，可宸對文馨交待道，他們沒有做錯事情，不需要說謊。

警局裡，三人完整說出了今天晚上發生的一切。

當然，要不要採用這些證詞是警察的事，但文馨的直播已經在網路上鬧得沸沸揚揚，臉書社團、各大論壇都看得到直播影片，白建德的身分也馬上被搜了出來，每個人都知道了白建德的狼師真面目，加上現場的樣子也很明顯，白建德的死亡是自己撞洗手台跟鏡子造成的。

亞黎知道接下來的發展會是如何，白建德眼見狼師行徑被披露而畏罪自殺，警方百分百會這樣定案，因為這正是社會大眾想看到的結果，就跟二十二年前大家都想看到魯桂民是兇手一樣。

******

一直到快天亮的時候，亞黎、可宸跟文馨才從警局離開，當他們踏出警局時，文馨的父母正在外面焦急地等候著。

「啊……」文馨躲在可宸後面，雖然白建德死了，但她對家人的恐懼依然存在。

可宸知道文馨在怕什麼，她在文馨耳邊溫柔地說：「去吧，好好跟父母說出妳自己的想法，我想他們都知道發生什麼事了。」

文馨仍然猶豫著，直到可宸在文馨背後輕輕一推，文馨才鼓起勇氣朝父母走去。

文馨的父母馬上衝過來一起抱住她，他們全家多久沒有這樣擁抱了呢？可宸心想，這件事之後，文馨的父母應該會放棄以前的教育方式，多多聆聽文馨的想法吧。

「你們出來了！」

旁邊有聲音在呼喚亞黎跟可宸，兩人轉頭一看，出現在眼前的竟然是逸軍跟月珊。

月珊第一個衝到他們前面，迫不及待地問：「看到網路上的討論了嗎？你們真的成功了！」

亞黎跟可宸疲憊地搖了搖頭，他們剛剛才把手機從警方那邊拿回來而已。

「喏，你們看！」月珊開心地把手機畫面展示給兩人看，上面是爆料社團的討論串，月珊說：「昨天晚上的直播出來後，那個渾蛋老師也跟著被肉搜出來，有很多受害者願意站出來指控他，也有人找出娜筠的案子，好像有很高的機率會重啟調查！他這次逃不掉了！」

亞黎跟可宸互相看了一眼，白建德當然逃不掉，因為他已經死了，不過警方還沒正式發布消息，現在還是先不要說會比較好，如果警方重啟調查的話，就可以還魯桂民清白了。

「真的很謝謝你們。」換逸軍來到兩人面前，深深彎腰行禮，說：「謝謝你們幫我女兒抓到真正的兇手。」

道謝完後，逸軍轉頭看向月珊，說：「妳就是他們說的那位……娜筠在班上最好的朋友嗎？」

「嗯，可以這麼說啦。」月珊有些不知道該怎麼回答。

「我可以跟妳聊一下跟娜筠有關的事情嗎？」逸軍說：「那段時間，應該是我要陪在她身邊、幫她對抗那個壞老師的，但是我卻……」

逸軍一邊愧疚地把頭低下來，反而讓月珊覺得不好意思了。

「我想知道娜筠跟妳在一起的時候是個怎樣的孩子，妳們都聊些什麼，怎麼相處的……」逸軍抬起頭來，一臉嚴肅地說：「我知道對一個父親來說，這是很荒唐的要求，但我真的很想重新認識我的女兒。」

面對好友父親的請求，月珊淡淡笑了一下，然後很快點了一下頭。

「當然，我很樂意把娜筠的所有事情都告訴叔叔。」月珊說。

「既然要聊天，我知道附近有一間酒吧還沒關門，要不要一起去喝一杯？」

可宸主動提議，逸軍跟月珊馬上點頭說好，儘管亞黎已經累到想回家睡覺，卻還是被可宸一把拉住：「你也一起去，別想跑。」

「題材的調查已經完成了，妳現在最想看到的不是我回家趕稿嗎？」亞黎無奈地說。

解謎前・請投幣

「這本書不一樣，我可是差點死掉耶！」

「這樣的話，妳明天不能催稿喔！」

「沒關係啦！」

可宸用手勾住亞黎的脖子不讓他溜走。

「反正我們已經知道明天的頭版新聞是什麼了，今天就喝多一點吧。」

番外篇《7：05》

「就是這裡嗎？」

亞黎跟可宸站在一棟民宅前面，這棟民宅位在巷子裡，是一棟三層樓高的獨棟建築，巷子裡其他房子的造型看起來都一模一樣，應該是同一家建商蓋出來的。

亞黎再一次確認地址後，按下了電鈴。

一名三十歲左右的女性很快打開了門，她看到亞黎就像遇到老朋友一樣，熱情招呼道：「亞黎老師，歡迎你來！」

「妳就是孟琦嗎？」亞黎確認道，他之前只跟孟琦透過信件交流，還沒見過本人。

「沒錯，就是我。」孟琦斜著頭看了一下亞黎後面的可宸，問：「請問這位是？」

「您好，我是亞黎的責任編輯，這是我的名片。」可宸往前跨出一步遞出名片。

「啊，編輯小姐也來了，代表我家的事情有機會被寫進書裡嗎？」

「這個……我們還是要先評估看看吧。」可宸露出禮貌性的微笑，她其實是來監視亞黎的。

娜筠跟報紙販賣機的事件落幕、亞黎也完成小說的改寫後，他便開始下一本書的取材，不過亞黎之前有交稿後就擅自失蹤的不良紀錄，可宸才會這麼嚴密地跟在亞黎身邊。

孟琦招呼兩人進入屋內，一進到客廳，亞黎跟可宸的視覺就受到了震撼，因為客廳牆壁上竟掛滿了時鐘，時鐘的造型各異，有擬真的動物造型、方正木製的復古時鐘、極簡風的現代時鐘……整面牆壁就是一間時鐘博物館，不管是誰，第一次來一定會被這面牆壁嚇到。

「嚇到了吧？」孟琦在客廳桌上擺好茶水跟點心，說：「請坐，我會跟兩位解釋的。」

坐下後，亞黎跟可宸的眼神仍無法從時鐘牆上移開。

「牆上的時鐘都是我先生從網路上買來的限量收藏品，他覺得時鐘是世界上最吸引人的工藝品。」孟琦說。

「真有趣的收藏，讓人大開眼界。」可宸問：「妳先生也在家嗎？」

「他還沒下班，等一下就回來了。」

「這棟房子很大耶，只有妳們兩個人住嗎？」

「是啊，這棟房子是公婆為了投資而買的，我跟先生結婚後，他們就把這棟房子給了我們，讓我們省去買房的辛苦。」

「咳咳，不好意思。」亞黎對這些客套話沒興趣，他直接說出主題：「妳在信中提到家裡發生了不可思議的現象，可以說明給我聽嗎？」

孟琦反應過來，她朝時鐘牆擺了一下手，說：「好的，兩位請看牆上的時鐘，時間剛好快到了。」

亞黎跟可宸一起轉頭盯著時鐘牆，現在的時間是晚上七點零二分，每個時鐘的秒針都同步移動著，亞黎跟可宸都不知道等一下會發生什麼事，只能坐在原地，看著時鐘上的秒針一格格前進。

當時間走到七點零五分的時候，所有時鐘的秒針突然都在十二點鐘的地方停了下來，時鐘上的時間停在七點零五分不再走動，亞黎忍不住看了一下自己的手錶，時間仍在前進，只有時鐘牆上的時間被暫停了。

「大約從兩年前開始，牆上的時鐘只要到了七點零五分就會自己停下來，我有請鐘錶師傅來看過，師傅卻檢查不出問題。」

孟琦來到時鐘牆旁邊，把時鐘一個一個拿下來重新調整，讓停止的時間繼續走動。

「每次我都要像這樣子，用手動的方式讓每個時鐘恢復正常。」

「這些時鐘不是妳先生的收藏品嗎？讓時鐘恢復正常應該是他的工作吧？」可宸疑惑地問。

孟琦露出無可奈何的苦笑，說：「他才不管呢，他是為了這些時鐘的稀有外型才收藏它們的，時鐘在他眼裡只是擺飾品，上面的時間對他來說沒有任何意義。」

「連他都不在乎了，那妳為什麼又要……」

「這算是我的強迫症吧，我無法忍受時間不準的時鐘，雖然手會很酸，但我每次都會把這些時鐘重新調整過，這也是我寄信給亞黎老師的原因，希望老師能幫我查出背後的真相。」

「每次都是七點零五分？沒有多一分或少一分鐘？」亞黎說。

「是的，每次都是七點零五，分秒不差。」

「七點零五，又是那麼多時鐘一起停止，這個時間一定有什麼意義，可能是某種訊息，請問在你們搬進來之前，這間房子有出過什麼事嗎？」

「公婆在預售階段就買下這棟房子，我跟先生是第一批搬進來住的人，絕不可能出過事，更不可能是凶宅。」

孟琦話剛說完，玄關突然傳來開門的聲音。

「我先生回來了。」

孟琦走向玄關迎接回家的先生，亞黎跟可宸也站了起來，主人回來了，他們兩個可不能繼續坐著。

「裕宏，我跟你介紹，他們兩位是……」孟琦開始跟先生介紹亞黎跟可宸的身分，以及他們來到這裡的原因。

孟琦的先生裕宏是個四十歲左右、看起來相當幹練的男人，眉宇之間帶著大企業主管特有的氣勢，讓人感覺難以接近。

看到家裡出現兩個陌生人，裕宏的臉色不是很好看，一直到孟琦介紹完之後，他臉上還是帶著敵意，顯然他並不歡迎亞黎跟可宸。

「叫他們來幹嘛？」裕宏不耐煩地瞪著孟琦，像是在嫌她多管閒事。

「亞黎老師是這方面的專家，如果他能讓這些時鐘恢復正常，這樣不是比較好嗎？」孟琦說。

「這些時鐘是我買的，我覺得好看就好了！不用妳叫別人來管！」

「可是……」孟琦沒想到先生會這麼抗拒，頓時說不出話來。

亞黎跟可宸知道現在的氣氛不適合再討論下去，於是亞黎說：「我想我們還是先走好了，你們好好溝通一下，我們再保持聯絡。」

「好……」孟琦膽怯地低下頭，小聲應是。

亞黎跟可宸收起各自的東西，從裕宏身邊繞過去、走出玄關。

「對不起，打擾了。」

離開前，亞黎對裕宏低頭致歉，裕宏卻沒說話，只是狠狠瞪著他們。

＊＊＊＊＊

離開孟琦家後，亞黎跟可宸一起走向停車的地方。

路上，可宸突然問：「喂，我們這樣離開真的好嗎？」

「當然不好啊！」亞黎說：「妳也覺得那個先生很可疑吧？」

「嗯，除非他平常就是那種火爆狂人，不然他的態度真的太奇怪了。」

「不只他的態度，還有他收藏時鐘的心態。」亞黎緊皺起眉頭，喃喃自語沉思著說：「多數人會收藏鐘錶，除了鐘錶本身的價值外，還有他們對時間的著迷，時間的精準度才是他們收藏鐘錶的關鍵，那個先生卻不在乎這一點，這怎麼想都有問題，還是他是假裝的？他知道七點零五分代表什麼意思，只是他不能說出來，所以只能假裝不在乎……」

亞黎一路說著，兩人這時已經回到停車的地方。

「上車吧，我們回去再說。」可宸先坐上了車。

亞黎本來也打算上車，突然間他發現前面一根電線桿後方露出一道熟悉的光芒，那是自動販賣機的燈光。

解謎前·請投幣

剛好，亞黎覺得口渴了。

「等一下，我去前面的自動販賣機買罐飲料。」

不等可宸回應，亞黎已經朝著電線桿跑去。

亞黎掏出零錢準備投幣，當他來到販賣機前方時，他的手不自覺地鬆開來，零錢也跟著掉到地上。

那不是飲料販賣機，而是一台報紙販賣機，機型與款式就跟娜筠案子裡出現的一模一樣。

唯一不同的是報紙的內容，頭版上印的不是跟娜筠有關的報導，而是一名年輕女子失蹤的報導。

頭版上的日期是兩年前的七月五日，亞黎記得這件新聞，當時社會上剛發生一件駭人聽聞的分屍案，媒體擅自把失蹤的女子跟分屍案牽在一起，雖然最後證明兩起案子沒有關聯，但那名失蹤的女子卻一直沒有被找到。

亞黎的眼神很快從頭版上掃過，他發現那名失蹤女子最後被監視器拍到的身影，就是出現在這條巷口。

兩年前的七月五日，失蹤的女子……亞黎似乎聯想到什麼，他迅速轉過身，沿著原路朝孟琦的家全力奔跑。

看到亞黎往回跑，可宸放下車窗大叫：「喂！你去哪裡？」

亞黎沒有理會可宸的叫喚，他知道自己的動作必須要快，娜筠每次讓報紙販賣機出現都有意義，這一次她是為了警告亞黎，有事情即將發生了。

亞黎在路上全速奔跑，還沒跑到孟琦家門口，他已經能聽到屋內傳來的爭吵聲了。

「為什麼讓陌生人來？說過這不關妳的事了！」裕宏的聲音在屋內大吼著。

「我只是想幫你讓這些時鐘恢復正常，我到底哪裡錯了？」孟琦的聲音也吼著。

「妳什麼都不懂，這樣會害死我！」

「為什麼？時鐘出狀況後你就變得很奇怪，你到底有什麼事情沒跟我說！」

孟琦不想再壓抑自己的情緒，決定對裕宏火力全開，裕宏也破口大罵，接著就是兩人彼此咒罵跟拉扯的聲音。

就在亞黎打算按下電鈴調停的時候，屋內突然傳來一聲沉悶的撞擊聲。

撞擊聲後，爭吵聲消失了，屋內一片安靜。

這種情況下，安靜可不是好事。

亞黎收回準備按電鈴的手，他俐落地鑽進房子與房子之間的狹窄空隙，打算繞到旁邊看看發生了什麼事。

窗戶旁邊剛好有一塊能夠讓人站立的空間，亞黎在空間中找到立足點，踮起腳尖、透過窗戶觀察屋內的情況。

眼前是亞黎最不想看到的畫面，孟琦整個人趴倒在地上，一灘不起眼的血泊正從她的頭部慢慢擴大。

裕宏站在孟琦旁邊大口用力喘氣，他手上拿著孟琦剛才用來招待亞黎的茶壺，茶壺一角還沾著血跡，看來兩人在吵到沸點時，裕宏直接拿起桌上的茶壺，朝孟琦的頭敲了下去。

裕宏看著倒在地上的孟琦，開始自言自語起來：「又來了……為什麼要逼我……沒關係，沒關係的……跟上次一樣處理就可以了……」

裕宏的自言自語讓亞黎不寒而慄，事實已經很清楚了，裕宏一定不是第一次做這種事了。

「報警，帶警察來孟琦家。」亞黎用手機發送訊息給可宸，一邊伸手摸向身上的迷彩背心，從口袋拿出一根伸縮警棍，這本來不是亞黎的標準裝備，而是上次的事件過後，亞黎為了防身而增加的新裝備，沒想到這麼快就派上用場。

裕宏將手中的茶壺高高舉起，眼看就要對孟琦做出致命一擊，亞黎趕緊用警棍擊打窗戶角落，窗戶應聲而碎。

裕宏聽到窗戶破碎的聲音，轉過頭正要查看，亞黎已經翻身跳進屋裡，並朝裕宏揮出警棍。

警棍不偏不倚地打中裕宏的手腕，裕宏慘叫一聲後鬆開雙手，茶壺也跟著掉到地上。

將裕宏逼退後，亞黎蹲下來檢查孟琦的情況，還有呼吸，應該只是昏過去而已。

「不要動，警察很快就到了！」亞黎用警棍尖端對著裕宏，不管裕宏接下來採取什麼動作，亞黎都有信心把他擊退。

裕宏的雙眼一開始仍燃著怒火，他瞪著亞黎的警棍伺機反擊，但漸漸的，裕宏的眼神開始變得恐懼，甚至雙腿一軟、直接跌坐在地上。

亞黎注意到，裕宏的眼神並沒有在自己身上，而是聚焦在他的身後。

不管是什麼讓裕宏感到恐懼，那東西就在亞黎後面。

為了防止裕宏逃跑，亞黎也不敢輕易轉身，直到警車的警笛聲從門口傳來，亞黎才閉住呼吸，轉身往身後看去。

亞黎不知道該如何解釋看到的畫面，時鐘牆上的每個時鐘，不管時針、分針還是秒針，它們全都脫離了時間的掌控，朝某個方向指去。

被這些指針指著的，是一個位於牆壁角落，外型栩栩如生的貓頭鷹時鐘。

如果這些時鐘是有意識的人，那他們現在的動作就等於是舉起手指，指控他們之中唯一有罪的人。

有人用這些時鐘做出控訴，正在對亞黎說：「我就是被它殺死的。」

******

「Jack，再來一瓶百威！」

熟悉的酒吧裡，可宸今天晚上已經不知道開第幾瓶酒了。

接過酒保開好的啤酒，可宸沒有倒進自己的杯子，而是先把旁邊的酒杯裝滿，那杯子的主人正是亞黎。

亞黎看著好不容易喝完的酒杯又被倒滿啤酒，求饒著說：「喂、喂，夠了啦，妳以為我酒量跟妳一樣啊？」

「今天你必須喝完，你是大英雄耶！趁著這波名氣，你的書這一刷又快賣完了！」可宸把自己的酒杯也倒滿，一邊用手掌拍著桌上的報紙頭版。

報紙上寫著「恐怖作家意外破獲懸案，證券公司主管坦承殺害失蹤女子。」的斗大標題，當中提到的恐怖作家就是亞黎，至於殺人的證券公司主管，指的就是裕宏了。

那天晚上，警方到場後馬上就逮捕了裕宏，孟琦被送到醫院也很快清醒過來，沒有生命危險。

亞黎很在意那個貓頭鷹時鐘，於是提醒警方最好檢查一下那個時鐘。

果然，警方在貓頭鷹時鐘上面驗出了血跡反應，其中有一滴乾掉的血滴還遺留在時鐘內部，從ＤＮＡ資料庫比對後，發現血跡屬於兩年前失蹤的女子。

解謎前．請投幣

警方進一步詢問，裕宏只能認罪，坦承一切。

兩年前的七月五日，失蹤的女子來到裕宏的家跟他見面，原來那名女子也是時鐘收藏家，她當天去找裕宏，是為了把那個貓頭鷹時鐘賣給裕宏。

不過兩人交易的過程有些不順利，女子不只覺得裕宏的出價太低，還嫌棄裕宏的時鐘牆，說裕宏的收藏品都是便宜貨。

脾氣火爆的裕宏吞不下這口氣，於是拿起貓頭鷹時鐘猛力擊打女子的頭部，女子因此斷了氣。

趁孟琦還沒回家，裕宏先清理家裡所有沾到血跡的地方，再把女子的屍體載到山裡丟棄。

至於成為凶器的貓頭鷹時鐘，裕宏本來可以把它丟掉、湮滅所有證據，但他仍然把貓頭鷹時鐘掛到牆上，成為自己的收藏之一，就算時鐘牆發生七點五分就會集體停止行走的詭異現象，他仍維持著自己的收藏興趣，不然他殺掉女子就沒有任何意義了。

「不過我不懂……為什麼你會突然跑回他們家？」可宸口齒不清地問，一向喝不倒的她，今天難得有點喝醉了。

明明已經跟可宸解釋過一遍，看來喝醉的她已經全忘光了。

「因為報紙販賣機啊。」亞黎說。

「報紙販賣機？」

「嗯，娜筠的報紙販賣機，我們幫過娜筠，或許娜筠也決定幫我們一次吧。」

亞黎偷偷把自己的酒杯挪到旁邊，他今天不能再喝了。

可宸這時又乾了一杯，喝醉的她開始把身體往亞黎身上靠，像貓一樣開始發出撒嬌的呼嚕聲。

亞黎輕輕摟住可宸，不過亞黎心裡沒有任何非分之想，因為他知道這樣的可宸只是暫時的。

等可宸酒醒變成追稿不手軟的編輯，那才是亞黎喜歡的樣子。

（全文完）

後記

《解謎前・請投幣》這篇故事，是從以前的短篇故事《那一天的頭版》所衍伸出來的長篇故事，跟我其他的長篇故事一樣，連載的時候我並沒有把整個故事大綱都準備好，而是跟著主角們一起解謎，寫一步算一步，在這麼驚險的情況下還是寫出了滿意的結局，真是太好了。

一開始為什麼會想寫以販賣機為題材的故事？其實靈感是來自一篇我在二〇〇五年看到、據說是真實發生的網路老笑話。

笑話的主人公是在山上長大的，山上的環境非常冷清，他記得在山上看到最先進的東西是飲料販賣機，每次玩累了都會去投一罐來喝，當時他最愛喝的是牛奶味的奶茶。

後來他長大後就比較少回山上，有一次回老家的時候，他突然懷念起以前的那台飲料販賣機，走到記憶中的地點一看，那台販賣機竟然還在原本的地方，而且上面賣的飲料跟他小時候一模一樣。他開心地拿出十塊錢買了以前最愛喝的奶茶，掉下來的時候還是冰涼涼的。他迫不及待地拆開吸管喝了一口，雖然味道有點怪怪的，但他以為是自己的味覺在長大後發生變化，所以沒有多在意，很快就把奶茶喝完了。

因為不想汙染環境，所以他把奶茶的垃圾帶回家丟，但回到家後他的肚子就開始痛起來，然後在他準備把奶茶丟掉的時候，才注意到奶茶上面印著殘缺不全的有效日期：1999/OO/XX，也就是說他竟然喝了過期6年的飲料。

這位主角事後覺得自己真的太大意了，小時候的飲料怎麼可能連包裝都沒有變呢……

這篇笑話我一直記到現在，或許在人們沒注意到的城市角落，還有過期N年以上的販賣機在默默運作也說不定。

會加入報紙的元素，則是因為以前做過送報生的關係，每次看到工人從貨車上把剛印好的報紙丟下來，我們心中都會有一種優越感，因為我們這些送報生可是第一批看到頭版新聞的人呢！夾報的時候一邊看著各家新聞的頭版，也是這份工作的樂趣之一。

販賣機跟報紙，有了這兩個元素之後，剩下的就是加入好奇心旺盛的主角，然後跟

解謎前・請投幣

大家一起加入他們的解謎旅程，我往往都是寫完幾篇後，才開始煩惱後面該怎麼解套，結果整個故事中燒掉最多腦細胞的反而是我啊。

《解謎前・請投幣》是我在角角者平台連載的第二部故事，與第一部故事《雨夫人》都很榮幸可以得到出版的機會，接下來也有第三部故事在連載中，真的很感謝角角者平台，讓創作者有舞台能發揮，也讓讀者能在這裡看到更多好故事。

大家新故事見囉！

定價
NT$280
HK$93

雨夫人

路邊攤 / 作者　Cola Chen / 插畫

PTT Marvel 版百萬人氣爆文作者路邊攤，
融合鄉村奇譚與都市傳說的雨天物語。

五年前的一個雨天，子曜從打工的店裡將一把畫著和服女子畫像的紙傘借給同學，同學竟在當晚失蹤，隔天早上被發現陳屍路邊水窪裡。五年後，一名女孩在失蹤前跟那把紙傘一起被目擊到。子曜不希望悲劇再次上演，於是和失蹤女孩的姊姊一同追查，來到當地盛行「雨夫人」怪談的佳元村。兩人必須在下一場雨來臨前揭開真相，救回失蹤的女孩！

定價
NT$300
HK$100

不對稱的臉

芙蘿 / 作者　六百一 / 插畫

當妳面向鏡子，看著最熟悉的那個人，卻發現自己最愛惜的臉蛋逐漸扭曲、變形的時候……該怎麼辦呢？

整形醫師何沐芸的臉逐漸失控；不但左臉與右臉越來越不對稱，還會不自覺地抽搐、冷笑，最後連左半邊的身體都無法控制，頻頻想殺死自己！一場場詭異的惡夢，引領她走向附近的貞節牌坊。整起怪案與百年前牌坊表揚的女子有何關聯？何沐芸必須在左半身殺死自己之前，回溯悠久的過去，查明真相！

國家圖書館出版品預行編目資料

解謎前．請投幣／路邊攤作．-- 初版．-- 臺北市：
臺灣角川股份有限公司，2023.05
　面；　公分
ISBN 978-626-352-543-6(平裝)

863.57　　112003914

解謎前·請投幣

作者·路邊攤
插畫·黑書人

2023年5月25日 初版第1刷發行

發行人·岩崎剛人
總監·呂慧君
編輯·喬齊安
美術設計·李曼庭
印務·李明修（主任）、張加恩（主任）、張凱棋

台灣角川

發行所·台灣角川股份有限公司
地址·104台北市中山區松江路223號3樓
電話·（02）2515-3000
傳真·（02）2515-0033
網址·www.kadokawa.com.tw
劃撥帳戶·台灣角川股份有限公司
劃撥帳號·19487412
法律顧問·有澤法律事務所
製版·尚騰印刷事業有限公司
ＩＳＢＮ·978-626-352-543-6